CHICO MENDES

por ele mesmo

Os Objetivos, a Filosofia e a Missão da Editora Martin Claret

O principal Objetivo da MARTIN CLARET é continuar a desenvolver uma grande e poderosa empresa editorial brasileira, para melhor servir a seus leitores.

A Filosofia de trabalho da MARTIN CLARET consiste em criar, inovar, produzir e distribuir, sinergicamente, livros da melhor qualidade editorial e gráfica, para o maior número de leitores e por um preço economicamente acessível.

A Missão da MARTIN CLARET é conscientizar e motivar as pessoas a desenvolver e utilizar o seu pleno potencial espiritual, mental, emocional e social.

A MARTIN CLARET está empenhada em contribuir para a difusão da educação e da cultura, por meio da democratização do livro, usando todos os canais ortodoxos e heterodoxos de comercialização.

A MARTIN CLARET, em sua missão empresarial, acredita na verdadeira função do livro: o livro muda as pessoas.

A MARTIN CLARET, em sua vocação educacional, deseja, por meio do livro, claretizar, otimizar e iluminar a vida das pessoas.

Revolucione-se: leia mais para ser mais!

MARTIN CLARET

LIVRO-CLIPPING

CHICO MENDES

por ele mesmo

MARTIN CLARET

Créditos

Mary Nakashima - Pesquisadora e redatora deste livro, é jornalista (Editora Abril), tradutora e escritora. Atualmente reside nos Estados Unidos, onde faz mestrado na área de jornalismo e meio-ambiente.

IDEALIZAÇÃO E REALIZAÇÃO
Martin Claret

ASSISTENTE EDITORIAL
Rosana Giliolo Citino

MIOLO
Revisão
Eveline Denardi

Projeto Gráfico
José Duarte. T de Castro

Direção de Arte
José Duarte T. de Castro

Digitação
Graziella Gatti Leonardo

Editoração Eletrônica
Editora Martin Claret

Fotolitos da Capa
OESP

Papel
Off-Set, 70g/m²

Impressão e Acabamento
Paulus Gráfica

EDITORA MARTIN CLARET
R. Alegrete, 62 - Bairro Sumaré - CEP: 01254-010
São Paulo - SP - Tel.: (11) 3672-8144 - Fax: (11) 3673-7146

Agradecemos a todos os nossos amigos e colaboradores — pessoas físicas e jurídicas — que deram as condições para que fosse possível a publicação deste livro.

www.martinclaret.com.br / editorial@martinclaret.com.br

Este livro foi composto e impresso no inverno de 2006.

CHICO MENDES

Índice

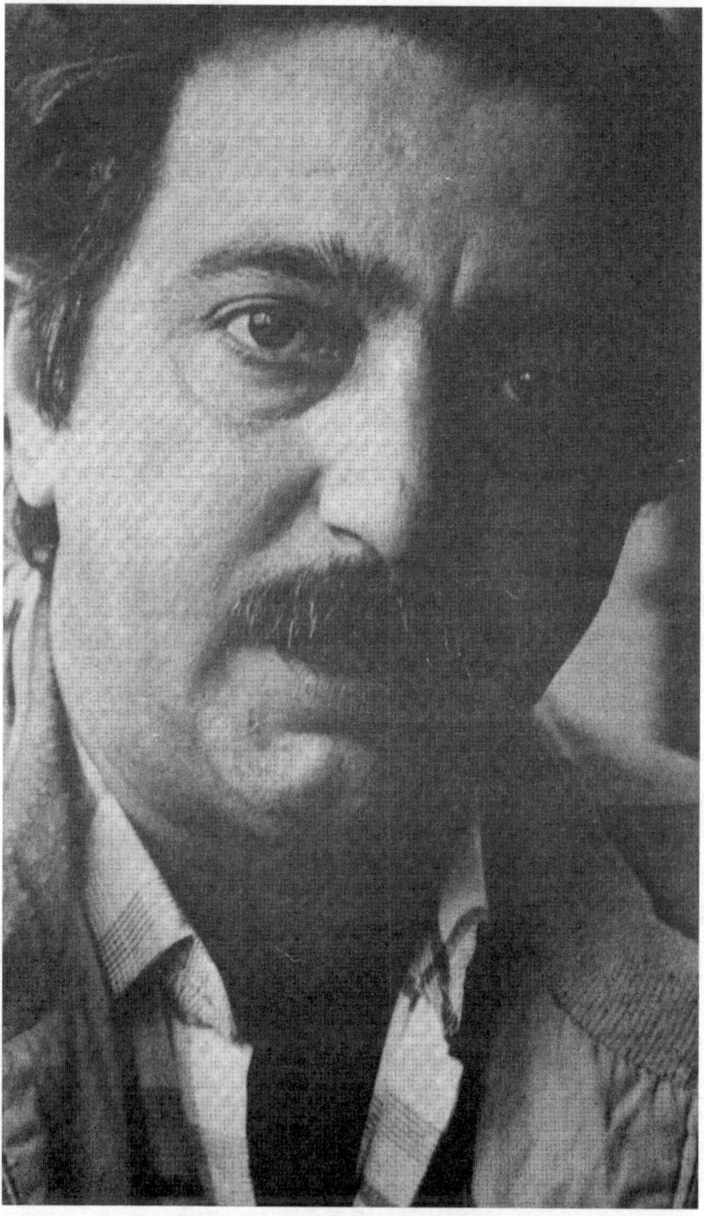

Chico Mendes: um lutador fiel da preservação da terra e do homem.

PREFÁCIO
do Editor

O propósito da coleção *O Autor por Ele mesmo*

Martin Claret

Estudos da História moderna têm revelado que somos uma civilização construída sobre os fundamentos da escrita. O Homem, no seu aspecto histórico-cultural, tem sido, grandemente, um produto do livro.

Um recente relatório da UNESCO, sobre o hábito da leitura no mundo, conclui que nenhum outro processo de comunicação — inclusive o eletrônico — é instrumento mais adequado de treino mental e fortalecimento do poder da imaginação do que o contato humano com o material impresso de boa qualidade: o livro.

Educadores e cientistas sociais têm constatado que, ao lado da informação de massa, vem se desenvolvendo a "moderna sociedade instruída" — uma sociedade que não só garante a todos uma instrução básica, mas também se preocupa com o ensino dos adultos.

No mundo de hoje e no de amanhã, jamais deixaremos de ser alunos. O educador moderno está aperfeiçoando esse ideal de educação permanente, em jovens e adultos. Neste contexto educacional, o livro é o instrumento fundamental.

Aqui, ousamos "futurar", com o mestre Antônio Houaiss, fazendo nossas as palavras que ele escreveu em seu magnífico prefácio para A Construção do Livro, *de autoria de Emanuel Araújo: "(...) o livro, materialmente, na sua feição mais requintada ou mais generalizada presentes — folhas de papel impresso, alçadas, coligadas e vestidas numa unidade normalmente portátil (mesmo que a duas mãos) —, esse livro pode desaparecer: mas não desaparecerão, com sua fisicidade, as suas mensagens e seus códigos (...) O computador que equivaler à soma de todos os livros será um servo daqueles dialetos — da linguagem oral, que é sobretudo resultado dialético da linguagem escrita (...)*

O 'Livro' poderá, assim, para certos fins, apresentar-se sob outra técnica física. Mas, enquanto perdurar o rigor da leitura a sós, o enlevo da leitura, a emoção do manuseio sensual das páginas, enquanto isso perdurar, teremos os livros-livros, esses que estão aí tão incorporados à nossa maneira de sermos humanos (tanto assim que, onde ele não é isso, aí impera o atraso, a sotoposição, a exploração)".

Também Jorge Luis Borges, o extraordinário escritor argentino — ele amava infinitamente os livros —, conceituou, com incrível lucidez e alcance universal, a importância do livro. Eis o seu pensamento: "Dos muitos instrumentos inventados pelo homem, nenhum pode comparar-se nem de longe ao livro, porque os outros instrumentos são extensões, são mecanismo desse outro mecanismo que é o nosso corpo... Em troca, o livro é uma extensão da memória e da imaginação".

Sim, o livro — esse fundador de civilizações — continuará a influenciar, com dinâmico impacto, o infinito universo de nossas possibilidades.

Nós, que existimos e nos movemos no mundo dos livros; nós, que criadoramente amamos o livro em todas as suas formas e tecnologias, acreditamos, substantivamente na função do livro.

A criação e a publicação desta coleção O Autor por Ele Mesmo *— são o resultado final de uma pesquisa de campo, em que se detectou um perfil de leitora o jovem, com um projeto de* *vida, desejoso de saber mais e consciente da necessidade de atualizar o seu potencial. Vem para atendera uma necessidade cultural e de mercado.*

A coleção O Autor por Ele Mesmo *não é uma simples série de fascículos, de seqüência obrigatória. É uma biblioteca permanente de livros independentes. Dinamicamente ilustrado, foi diagramado para oferecer uma leitura fácil e agradável.*

É um moderno e informativo estudo, destinado principalmente à juventude.

Os doze primeiros personagens foram selecionados pela nossa coordenação editorial, mas a coleção é uma proposta aberta e aceita permanentemente sugestões editoriais e de títulos. O limite quantitativo da coleção será determinado pelos próprios leitores.

*Nosso projeto editorial é oferecer o livro ciberneticamente construído — o livro-*clipping *— cujas características sejam: custo barato, "livro para ler"; encontrável em qualquer parte e elaborado de forma a atender à nossa realidade cultural e socioeconômica. Nosso modelo para inovar foi copiar o processo criador da própria Natureza — "fazer o novo a partir do velho".*

Acreditamos lobatianamente ("um país se faz com homens e livros") que a leitura de textos fundamentais dos grandes personagens da Humanidade é benéfica, instrutiva e motivadora em si, com força capaz de complementar convenientemente a formação da mentalidade das gerações presentes e futuras, despertando potencialidades e vocações.

Participe positivamente.

Você nunca é o mesmo depois de ler um livro.

Livro muda as pessoas.
Livro muda o mundo.
Leia mais para ser mais!

O assassinato do líder seringueiro chamou a atenção internacional para os problemas da estrutura agrária e a preservação ambiental no Brasil.

CHICO MENDES
Um Estudo

A poronga entre os verdes

Mary Nakashima

Se não fosse a presença de um ambientalista estrangeiro e uma antropóloga paranaense no meio da floresta amazônica nos anos 80, provavelmente a fama de Chico Mendes não teria ultrapassado os limites do Estado do Acre. Ele teria sido, apenas, mais um na lista de trabalhadores rurais mortos naquele ano. Em 1988, Chico Mendes foi o 15º líder de sindicato rural assassinado.

O assasssinato de Chico Mendes foi vulgar e previsível, como tinham sido os anteriores. Desde que a região amazônica começou a ser invadida por fazendeiros do centro-sul em busca de terras para transformá-las em pasto, uma verdadeira guerra passou a existir entre donos de terras e seringueiros. Como nunca houve nenhum sistema legal eficiente na região, nem uma polícia em condições de controlar a situação, essas disputas muitas vezes eram resolvidas a bala.

Chico Mendes se colocou na defesa da parte mais fraca envolvida nesses litígios: organizou os seringueiros num movimento pacífico, conhecido como *empate*, para impedir que a mata fosse derrubada e incendiada pelos fazendeiros.

A floresta amazônica representava o único meio de sustento para os seringueiros e índios que nela viviam.

Chico sabia o que estava defendendo. Ele também havia dependido da floresta; aliás, nasceu e cresceu dentro dela; viveu a rotina do homem dos seringais: acordar antes das cinco, pegar a *estrada* da seringa, sangrar a árvore, recolher a resina no balde, defumá-la, enrolando num bastão a goma e fazendo a *péla*, para transformá-la em borracha.

O que o distinguiu de outros seringueiros, porém, talvez tenha sido conseqüência de uma série de acasos felizes no decorrer de sua vida. Seu pai, um nordestino, já se voltava contra o sistema de *aviamento* que dominava entre os seringalistas. Através de um velho esquema de exploração, os seringalistas (donos do seringal) sempre faziam com que os seringueiros estivessem em débito no final de cada mês.

O ódio contra esse sistema Chico herdou do pai. Com ele aprendeu também a ler e escrever. Ainda no começo da adolescência, outro acaso: Chico conheceu, na mata, um foragido da época da Intentona Comunista chamado Euclides Fernandes Távora. Com ele, passou a ter aulas sobre socialismo, o que acabaria influenciando Chico Mendes em suas atividades futuras na organização de trabalhadores rurais no Acre.

Logo depois do golpe de 64, quando Euclides Távora desapareceu da mata, Chico Mendes começou a mobilizar os seringueiros no sentido de conquistar uma autonomia maior frente aos patrões; e conseguiu sua primeira vitória. No *aviamento*, os seringueiros deixaram de pagar o aluguel pelo uso da *estrada* e, em vez de vender sua produção aos patrões, passaram a procurar com os marreteiros ofertas melhores para a borracha extraída.

Quando, nos anos 70, o sindicalismo chegou ao Acre, Chico logo se engajou e ajudou a fundar o primeiro sindicato rural na região — o de Brasiléia, a quase cem quilômetros de Xapuri, perto da fronteira com a Bolívia. Em 1977, Chico Mendes foi eleito vereador pelo MDB, graças ao apoio finan-

"Minha vida começou igual a de todos os outros seringueiros: escravo submetido às ordens do patrão."

ceiro de um marreteiro a sua campanha. Logo depois, ajudou a fundar o sindicato de trabalhadores rurais de Xapuri, militou por um breve período no Partido Comunista do Brasil, na ilegalidade, entrou em divergência com os comunistas e membros do MDB; por fim, em 1980, filiou-se ao PT.

A chegada do PT no Acre coincidiu com a época em que foi assassinado Wilson Pinheiro, presidente do sindicato de Brasiléia. O crime provocou, no nível local, a mesma reação que a morte de Chico Mendes provocaria, mundialmente, oito anos depois. Os seringueiros, uma semana após a morte de Wilson, fizeram o "justiçamento", matando um fazendeiro.

Chico Mendes, junto com Lula, foi enquadrado na Lei de Segurança Nacional, acusado de ter incitado os seringueiros à violência. Foram ambos absolvidos em 1984, mas Chico passou por vários interrogatórios no começo dos anos 80, na Polícia Federal em Rio Branco. Essa mesma PF, em 1988, seria acusada por Chico Mendes de ser complacente com os fazendeiros que estavam tramando a sua morte.

Depois de seu mandato eletivo pelo MDB, Chico Mendes nunca mais seria eleito. Como candidato do PT, num Estado onde o partido mais radical seria o de centro-direita, Chico sofreu nas urnas três derrotas consecutivas. Concorreu ao legislativo do Estado em 1982, à prefeitura de Xapuri, em 1985, e novamente a deputado estadual, em 1986. Nessas

Chico Mendes em frente ao
Sindicato dos Trabalhadores Rurais de Xapuri, Acre.

eleições, não conseguiu nem a metade dos votos necessários para ser eleito.

Alguns amigos diziam que Chico não tinha nada de político, embora paradoxalmente a política corresse em seu sangue. O que eles queriam dizer é que Chico Mendes jamais dobraria seus princípios apenas para agradar o eleitorado conservador da região. No documentário do cineasta inglês Adrian Cowell, filmado no dia das eleições de 1986, percebe-se que o tráfico de votos corria solto na cidade de Xapuri. Os eleitores estavam dispostos a vender seus votos a qualquer preço. Quando Chico caminhava pelas ruas da cidade, um garoto se aproximou dele e disse: "Oi, chefe, dá um barão aí que a minha mãe vota no senhor".

As atividades de Chico Mendes provavelmente continuariam no nível da reivindicação corporativista e política local, se na região de Xapuri não estivesse Adrian Cowell, autor de um dos mais completos documentários sobre a destruição da floresta amazônica. Há dez anos, Cowell vinha filmando na Amazônia e, em 1986, tinha se tornado um dos amigos mais próximos de Chico. Cowell descobriu na figura simples do seringueiro e líder sindical um importante aliado no movimento ecológico contra a destruição da floresta tropical. Junto com ambientalistas americanos e a antropóloga diretora do Instituto de Estudos Amazônicos, Mary Allegretti, Cowell convidou alguns membros da ONU a visitar Xapuri, no início de 1987. Estava lançada a carreira internacional de Chico Mendes.

Depois que os representantes da Organização das Nações Unidas testemunharam o desmatamento no Acre, Chico Mendes viajou até Miami para participar da reunião do Banco Interamericano de Desenvolvimento (BID). Lá, ele denunciou que a floresta amazônica estava sendo destruída por causa de projetos financiados por bancos internacionais. Foi para Washington, conversou com o senador republicano Robert Kasten Jr. e convenceu-o de que os empréstimos para a pavimentação da BR-364, pavimentação essa sem medidas

"Durante muitos anos, desde o século passado até 1970, pelo que sei, em nenhum seringal da Amazônia era permitido criar escola."

de proteção ambiental, somente favoreceriam o desmatamento e a atividade antieconômica da pecuária na região. Em um mês, os empréstimos foram suspensos. E Chico, embora tivesse conseguido aliados no exterior, criou muitos inimigos poderosos no Acre.

Os novos aliados de Chico, os ambientalistas de todo o mundo, queriam preservar a floresta tropical como um santuário, um lugar de espetacular diversidade e vitalidade. Um quarto de todas as drogas da medicina moderna contém ingredientes extraídos de plantas tropicais — desde o quinino, com que se combate os efeitos da malária há quase um século, até as mais modernas drogas quimioterápicas contra o câncer. A destruição da floresta amazônica significava a morte de milhões de árvores e outros organismos, resultando, a cada dia, na extinção de diversas espécies de plantas e vida animal — a maioria das quais nem sequer foram vistas, catalogadas ou estudadas.

Chico reconhecia a generosidade do ecossistema da floresta que defendia. Mas ele não entrou nessa batalha junto dos ambientalistas porque estava preocupado com "as plantinhas e borboletas", como costumava dizer, mas porque a agressão contra a floresta estava matando também muitas vidas humanas. Seu grande projeto era encontrar soluções locais que resultassem numa vida mais digna para o povo da região.

Todos que conviveram com Chico lembram-se dele como

um homem puro da floresta, uma figura doce e cordial. Chico ficou conhecido como "o Gandhi dos seringais" por defender formas de resistência pacífica através dos *empates*. Os mesmos *empates* trouxeram-lhe prêmios internacionais e reconhecimento na imprensa estrangeira. No Brasil, porém, ele continuava sendo um desconhecido.

Os inimigos de Chico Mendes também pareciam ignorar essa atenção internacional. Eles seguiram à risca o que o seringalista Guilherme Lopes disse durante uma reunião da Sudhevea (Superintendência da Borracha), em Rio Branco: "a solução para os problemas fundiários, o delegado da Contag e alguns padres". A declaração solene do fazendeiro parecia equivaler a uma simples lista de prioridades, na medida que o primeiro a cair foi, de fato, Wilson Pinheiro. Chico Mendes durou mais oito anos, mas, como no livro *Crônica de uma morte anunciada*, do colombiano Gabriel García Marquez, todos sabiam que seu destino seria o mesmo de Wilson — até ele próprio. Numa entrevista que deu no Rio, em dezembro de 1988, poucos dias antes de morrer, Chico Mendes denunciou: "Eles vão me matar. Os nomes deles eu digo: Darly e Alvarino Alves da Silva. Eles já mandaram matar mais de 30 trabalhadores e a Polícia Federal não fez nada".

O fazendeiro Darly Alves da Silva planejou derrubar o seringal Cachoeira, em Xapuri, mas acabou sendo derrotado pela ação de Chico Mendes. Ele mobilizou centenas de seringueiros e suas famílias para impedir que o fazendeiro passasse a serra na floresta ou a incendiasse. Mais tarde, Chico entrou com um processo junto ao Ministério da Reforma Agrária e as terras do fazendeiro acabaram sendo desapropriadas. Por fim, advogados ligados a Chico Mendes encontraram, em Umuarama (PR), um processo contra Darly e seu irmão Alvarino, condenados por homicídio.

Antes da vitória contra Darly, Chico já tinha expulsado do Acre dois poderosos pecuaristas: o dono dos frigoríficos Bordon e o "rei do Nelore".

A Bordon, em 1985, havia faturado 140 milhões de dólares exportando carne para a Europa. Resolveu, então, desmatar 20 alqueires de área por ano, a fim de ampliar seu rebanho. Mas, em cada área a ser desmatada, aparecia Chico Mendes à frente de sua procissão de descamisados, tentando convencer os peões das motosserras a não derrubarem as árvores. E conseguiam. Tanto que a Bordon, cansada de guerra, resolveu passar adiante suas terras no Acre.

Essas vitórias devem ter ajudado a elevar a cotação de Chico Mendes no mercado dos pistoleiros. O jagunço que matou Chico cobrou dez mil dólares pelo serviço.

Chico Mendes era casado com Ilzamar, vinte anos mais jovem que ele. O casamento de cinco anos vinha cambaleando nos últimos tempos com a crescente atuação política de Chico Mendes, que não lhe deixava muito tempo para cuidar da família. Ilzamar, que teve dois filhos de Chico — Elenira e Sandino — reclamava muito. Ela nunca pôde acompanhar o marido em suas viagens. "Meu trabalho não é uma brincadeira", dizia ele, quando as brigas do casal ecoavam pela vizinhança. Quando, finalmente, conseguiu ficar junto do marido, numa modesta casa de Xapuri, sua alegria durou pouco. Ao anoitecer de 22 de dezembro de 1988, um vulto abrigado na sombra da mata esperou, de arma em punho, que Chico Mendes aparecesse à porta de casa. O líder seringueiro tinha, então, 44 anos.

O significado do assassinato de Chico Mendes foi também ampliado pelas anomalias ambientais de 1988. O verão sufocante nos Estados Unidos, naquele ano, motivou políticos e a imprensa a prestarem atenção, pela primeira vez, no efeito estufa: a teoria de que bilhões de toneladas de gases liberados a cada ano pela queima de combustíveis fósseis e florestas estão mantendo a energia solar na atmosfera e aquecendo o planeta. As redes de televisão conseguiram, via satélite, fotografias detalhadas da estação de queimadas na Amazônia — milhões de queimadas, feitas simultaneamente, na floresta.

O assassinato de Chico Mendes veio logo em seguida. Dezenas de equipes de televisão, fotógrafos e repórteres do mundo inteiro passariam pelo vôo de seis horas, com quatro escalas, de São Paulo a Rio Branco e, depois, agüentariam mais quatro horas de viagem ao longo da esburacada e poeirenta estrada de Xapuri.

Os habitantes de Xapuri gradualmente se ajustaram a toda essa atenção. Tantos jornalistas queriam ser levados ao seringal Cachoeira, onde houve a disputa de Chico com a família Alves, que os seringueiros começaram a cobrar 200 dólares para levá-los de caminhão até o local e hospedá-los, por um ou dois dias, na casa de seringueiros.

A casa de Chico foi transformada em museu, e o livro de visitantes já registrava quatro mil assinaturas no final da estação seca de 1989.

Em Xapuri, continuam ainda hoje os trabalhos iniciados por Chico Mendes. O Projeto Seringueiro, implantado em 1981, coordena 19 escolas nos seringais, uma cooperativa e postos de saúde. Estima-se que mais de mil seringueiros foram alfabetizados; e conhecimentos na área de saúde preventiva também são passados, procurando educar os trabalhadores no trato com seu próprio corpo.

Outra herança de Chico Mendes são as reservas extrativistas. As áreas assim designadas não podem mais ser derrubadas e devem somente ser usadas de forma adequada — para a extração da borracha, castanha e afins. Hoje, há quatro reservas no Acre, uma em Rondônia e outras sendo criadas no Amazonas e no Amapá. Os investimentos de bancos internacionais na Amazônia, agora, passam por um estudo de impacto ambiental — todos os projetos precisam incluir cláusulas específicas de proteção da floresta tropical.

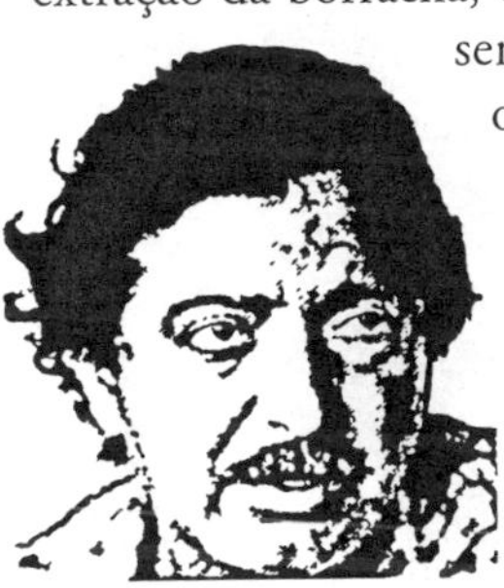

Chico Mendes: o homem da floresta que queria
um pulmão para o mundo.

CHICO MENDES
Perfil Biográfico

Os assassinos escolheram o dia e a hora

Mary Nakashima

A única coisa notável na manhã de 22 de dezembro de 1988 foi que não choveu em Xapuri. Durante a estação chuvosa daquele ano, as chuvas torrenciais tinham parado por um dia. Como fazia todas as manhãs, depois de passar na barraca de dona Maria para um café, Chico trabalhou no sindicato e na cooperativa. À tarde, foi buscar no hospital algumas amostras de remédios para os postos de saúde dos seringais; e ainda ajudou um amigo a transportar uma geladeira no caminhão da cooperativa.

Chico estava exultante com o caminhão recém-adquirido graças a doação de um banco que encorajava projetos comunitários. "Com seu próprio meio de transporte, os seringueiros ficarão mais livres", disse ele. "Hoje nós temos o caminhão; logo teremos um barco. E transportaremos a borracha por nós mesmos, sem intermediários."

Antes de voltar para casa, Chico quis circular um pouco

pela cidade e visitar os amigos. Sentou na frente do caminhão com seus dois filhos, Sandino e Elenira, e um de seus guarda-costas ao volante — Chico tinha a fama de ser barbeiro. Sandino, agora com 2 anos, era uma miniatura do pai sem bigode, com os mesmos cachos, a covinha na face direita e a barriga empinada. Elenira estava quase em idade escolar.

Ainda naquela tarde, Chico comentou o seu mais recente plano de fundar um diretório do Partido Verde em Xapuri. Embora tivesse se irritado algumas vezes com o fato de ser chamado, pela imprensa, de "ecologista", Chico percebeu que o apoio recebido nos últimos tempos era o daqueles interessados na questão ecológica. O Conselho Nacional dos Seringueiros vinha recebendo doações da Fundação Ford; a cooperativa ganhou um caminhão de um banco canadense; e até a própria casa de Chico, em Xapuri, foi comprada com a ajuda de amigos ecologistas.

Até março daquele ano, Chico não tinha nem sua própria casa: dormia em igrejas, sindicatos ou casa de amigos, enquanto sua mulher Ilzamar e os dois filhos moravam com os sogros no seringal. Por essa razão, e por causa das atividades políticas de Chico, Ilzamar dizia que não havia passado mais de oito dias em sua companhia desde 1986. Agora, com o Natal se aproximando, Chico resolveu parar um pouco e descansar em casa com a família. A pequena casa, na rua Dr. Batista de Moraes, ficava a cinco minutos de bares e armazéns, perto de uma praça sem árvores, a menos de cem metros da delegacia de polícia. Possuía quatro cômodos e era um pouco maior que uma garagem para um carro. Como na maioria das casas da cidade, a única água corrente ficava na casinha, no quintal dos fundos.

Mas descansar não era fácil para Chico Mendes. Isso estava evidente no rosto dele, um rosto redondo, dominado por olhos papudos semelhantes aos de uma coruja. Era um rosto que geralmente sorria, mas ultimamente vinha demonstrando sinais de estresse. Ele tinha completado 44 anos uma semana antes. Seus cachos, eternamente desgrenhados, davam-lhe um certo ar de distraído.

Chico e seus guarda-costas chegaram em casa por volta das cinco e puseram-se a jogar dominó. Os dois guardas, destacados pela Polícia Militar, não estavam uniformizados. Eram ambos vizinhos de Chico e um deles tinha trabalhado como datilógrafo do sindicato alguns anos antes. Chico se sentia incomodado com a presença constante dos seguranças. Embora tivessem sido designados para o líder sindical por causa das persistentes ameaças de morte que vinha sofrendo, Chico tinha resolvido pedir à polícia que retirasse os seguranças.

Xapuri era, na superfície, um traqüilo posto de comércio de borracha, de 5 mil habitantes. Mas a tensão subjacente era palpável e vinha crescendo a cada ano. O sindicato de Chico, composto de seringueiros e pequenos agricultores, tinha registrado uma série de vitórias em sua guerra contra a invasão dos pecuaristas que estavam incinerando a floresta para criar pasto e lucrar com os incentivos fiscais e com a escalada vertiginosa da especulação da terra.

Naquele ano, os seringueiros tinham realizado vários *empates* com sucesso e, em outubro, convenceram o governo a declarar uma área de 61 mil acres, chamada seringal Cachoeira, perto de Xapuri, uma "reserva extrativista". Cachoeira era onde Chico tinha crescido e iniciado seu trabalho de seringueiro. O conceito de reserva extrativista foi inventado por Chico e os seringueiros, depois aperfeiçoado com a ajuda de ambientalistas e antropólogos. Com o estabelecimento dessa reserva extrativista, Chico Mendes realizou uma das mais significantes façanhas na história do ativismo ecológico de base. No Brasil, os seringueiros foram os primeiros trabalhadores a articular o sindicalismo rural com a ecologia — e Chico Mendes só viera a conhecer a palavra "ecologia" havia três anos.

Às 6h30 daquela tarde de quinta-feira, na remota cidade

acreana, o sino da igreja começou a tocar. Faltavam três dias para o Natal de 1988, e o sino era a primeira chamada para uma missa especial em homenagem às crianças que estavam se formando na escola primária. Ilzamar pediu que interrompessem o jogo de dominó para que ela pudesse servir o jantar. Ela tinha a clássica beleza amazônica que mistura traços de índios com europeus. O resultado era nitidamente polinésico: lábios cheios e grandes olhos negros.

"Só mais um minutinho", disse Chico. Eles jogavam uma versão difícil do jogo, chamada dominó pontó, que envolvia aritmética mental. Enquanto os homens continuavam a jogar na cozinha, as duas crianças brincavam no chão da sala, onde Ilzamar assistia à novela *Vale Tudo*.

O trabalho de Chico dominava de tal forma a sua vida que até se refletia nos nomes escolhidos para seus filhos. Elenira, de 4 anos, tinha o nome da guerrilheira que foi perseguida pela polícia e soldados no Pará, no começo da década de 70, no auge da ditadura militar. A guerrilheira ficou famosa pela sua pontaria: ela invariavelmente matava seu alvo com um tiro entre os olhos. Chico escolheu o nome Sandino para seu filho, em homenagem a Augusto César Sandino, líder da guerrilha de 1927 contra o exército americano nas montanhas da Nicarágua. Chico sempre foi atraído pela história social radical, embora seu próprio ativismo fosse menos extremista que o de seus ídolos. Como um dos líderes na luta para salvar a floresta amazônica, Chico Mendes insistiu numa ação não-violenta.

Mas seus oponentes não eram tão civis. Em maio de 1988, dois jovens seringueiros que participavam de um comício pacífico foram baleados por pistoleiros. Em junho, Ivair Higino de Almeida, membro do sindicato e companheiro político do PT, foi morto. Em setembro, outro seringueiro caiu. E agora, enquanto Chico jogava dominó — e ganhava, como sempre — dois homens estavam à espreita no terreno atrás da casa, onde havia uma mata densa. Eles

"O seringueiro trabalhava o ano todo achando que no final do ano lucraria algum saldo, mas sempre estava devendo."

abriram uma trilha através da mata e conseguiram chegar até um ponto perto da cerca da casa. Usavam calça jeans escuro e, por causa do calor, tinham a camisa amarrada na cintura. Um deles trazia um lenço cobrindo o nariz e a boca. Eles ouviram o sino da igreja; agora escutavam as risadas e as peças de dominó estalando sobre a mesa da cozinha. O som da novela ecoava dos aparelhos de TV em direção à rua. Era o momento em que grande parte do país queria descobrir quem tinha matado Odete Roitman.

Essa não foi a primeira visita ao terreno. Escondidos na noite, perto de onde o rio Acre fazia uma curva ao redor dessa parte da cidade, duas pequenas áreas de grama tinham sido pisadas. Eles estavam acampados lá, havia dias, vigiando pacientemente. Pontas de cigarros e farinha de mandioca espalhavam-se pela tocaia. Foram encontradas, também, cinco latas de conserva da Bordon, salsichas cobertas de formigas e duas garrafas de água. Agora, os homens se preparavam para esperar mais uma vez, agachados atrás de uma palmeira, a dez metros da porta dos fundos da casa de Chico. Estavam acostumados a ficar quietos, talvez pela experiência em perseguir a caça na floresta. As galinhas não cacarejavam, e os cachorros da vizinhança não faziam mais que rosnar.

Chico e os guardas terminaram o jogo de dominó e foram para a sala assistir ao final de *Vale Tudo* (a novela das 8h passa às 6h, no Acre). Por fim, o jantar estava pronto e Ilzamar serviu um prato de peixe frito, arroz e feijão. Depois, pegou seu prato e foi comer, com as crianças, na sala. Chico pendurou uma toalha nos ombros e foi se refrescar um pouco no chuveiro do lado de fora da casa. A toalha azul, decorada com um arco-íris e notas musicais, tinha sido presente de aniversário.

Conforme ele costumava fazer, reclamou da escuridão do terreno dos fundos. Fechou a porta, foi ao quarto pegar uma lanterna; abriu novamente a porta e acendeu a lanterna. É possível que ele tenha visto as duas figuras sob a palmeira mas ninguém nunca vai saber porque, naquele instante, os homens puxaram o gatilho de sua escopeta calibre 12, uma arma devastadora a curta distância.

Na escuridão, talvez a toalha azul tenha sido um bom alvo. Foi exatamente onde a carga de escopeta atingiu, resultando em 40 perfurações de chumbo no peito e no ombro direito de Chico. "Dessa vez me acertaram", disse ele, cambaleando à porta da cozinha. Jorrando muito sangue pela boca, arrastou-se em direção ao quarto, possivelmente numa tentativa de pegar o revólver que tinha guardado, apesar de a polícia ter caçado o seu porte de arma; porém, não resistiu e desfaleceu antes mesmo de chegar à soleira. Segundos depois, Chico Mendes estava morto.

Agora, todos os cachorros da vizinhança latiam. Ninguém ousou abrir a porta dos fundos uma segunda vez. Um dos guarda-costas ficou apoiando a cabeça de Chico, enquanto o outro pulou pela janela e foi pedir ajuda à polícia. Os amigos vieram correndo com suas armas, imaginando logo o que havia acontecido assim que ouviram o tiro. Ilzamar se atirou à rua gritanto "Eles mataram o Chico!" mas os policiais, sentados do lado de fora da delegacia, a apenas alguns metros da casa, nem se mexeram.

Enterro no dia de Natal

Mais de mil pessoas acompanharam o cortejo que conduziu o corpo de Chico Mendes por dois quilômetros até o cemitério. Durante o percurso, apenas o barulho da forte chuva, soluços e passos chapinhando nas poças d'água eram ouvidos.

À frente do cortejo, um jovem seminarista segurava uma cruz de madeira com um retrato a óleo de Chico Mendes amarrado ao meio. O quadro foi pintado em 1987, por um artista chamado Jorge Rivais Plata da Cruz, logo depois da primeira viagem de Chico ao exterior. Nele, Chico está usando um terno — o mesmo que usou nas reuniões com os banqueiros internacionais e que tinha sido achado dentro de uma pilha de roupas enviadas da Itália para os pobres de Xapuri.

O corpo embalsamado de Chico Mendes foi velado durante três dias e três noites no salão paroquial da Matriz São Sebastião. Seringueiros da região caminharam até dois dias a pé, através da floresta, para prestar sua última homenagem ao líder sindical. O funeral juntou os dois lados da vida de Chico — as pessoas da floresta e as de fora, que haviam encontrado nesse simples seringueiro um indispensável aliado. Um contingente de líderes sindicais, políticos de esquerda de São Paulo e Rio e ecologistas compareceram ao velório. Ao redor da multidão, dezenas de jornalistas, muitos do exterior.

Era Natal; a novela *Vale Tudo*, da TV Globo, vivia um de seus momentos mais emocionantes, mas isso não impediu que uma grande reação contra o crime se desenvolvesse no País. Não apenas na pequena cidade de Xapuri, o dia 25 de dezembro foi um dia de luto.

O Acre de Chico Mendes já nasceu de conflito

Quarenta e quatro anos antes de Chico Mendes nascer, no Acre, já existiam conflitos de terras na região. Uma área de 152.589 km^2 era disputada entre a Bolívia e o Brasil. A Bolívia tinha os direitos legais sobre essa área, garantidos pelo Tratado de Ayacucho, de 1867, mas o único poder público presente na região era o brasileiro, representado por funcionários do fisco e da polícia do Amazonas.

Num confronto armado entre a Bolívia e o Brasil, os seringueiros, por fim, comandados por Plácido de Castro, retiraram os valiosos 15 milhões de hectares das mãos dos bolivianos. O Tratado de Petrópolis, de 1903, deu ao Brasil a posse definitiva do Acre, declarado território federal no ano seguinte.

Riqueza da borracha atrai ao Acre o avô de Chico

Os seringais tornaram rica a região do Acre. Pelas ruas de Sena Madureira, a primeira capital, já no começo do século transitavam bondes elétricos; e companhias francesas de teatro esticavam até o Acre suas temporadas na Amazônia.

A riqueza da borracha atraiu muitos nordestinos à região. Um deles foi o avô de Chico Mendes. Na virada do século, ele se mudou do Ceará ao Pará para cortar a seringa. Voltou ao Ceará, casou-se com uma jovem portuguesa e foi pai de seis filhos. Em 1925, quando a seca assolava novamente a costa nordestina, ele pegou a família e seguiu em direção à Amazônia. Passou por Manaus e, através dos rios Purus e Acre, chegou a Xapuri.

Um dos tios de Chico Mendes, ainda hoje, se lembra daquele dia em que partiram do nordeste: "Nosso pai disse: 'Meus filhos, vamos ganhar dinheiro no Acre'". Eles empacotaram seus poucos pertences e embarcaram num pequeno navio a vapor. Dessa vez, não houve retorno. O pai de Chico, Francisco Alves Mendes, estava com 12 anos quando começaram a jornada.

As famílias que se mudaram do Ceará para a Amazônia

tiveram de se adaptar a um meio ambiente totalmente diferente daquele que haviam deixado para trás. Enquanto o nordeste era quente, seco, descampado, a Amazônia era úmida, escura, fechada — uma selva de insetos. As doenças se propagavam. Não havia hospitais, nem escolas. Embora o Brasil estivesse ganhando milhões de dólares com os impostos sobre a extração da borracha, o governo não reaplicava um centavo na região da Amazônia. Todo aspecto da vida representava, então, um novo desafio. As famílias ficaram dispersas pela floresta, muitas vezes separadas por quatro ou cinco horas de caminhada. Como o isolamento exigisse auto-suficiência, cada família caçava e colhia na floresta o que não podia plantar ou comprar dos caixeiros-viajantes.

Mesmo a caça — para suplementar os estoques limitados de arroz e feijão — apresentou dificuldades inesperadas. Muitos serigueiros, por exemplo, sempre contam histórias sobre a primeira vez que atiraram num macaco, ato que se tornou um triste ritual da passagem para a sociedade do seringueiro. Inevitavelmente, as histórias focalizam o momento em que o seringueiro atirava com a sua espingarda, e um macaco tombava no solo da floresta. Vendo o rosto do macaco se contorcendo de dor, o seringueiro se horrorizava com sua própria ação. Mas aí ele se lembrava de seus filhos, recarregava a espingarda e atirava de novo.

Barracão, a casa grande dos seringais

Apesar das esperanças do avô de Chico Mendes, quando ele e sua família se estabeleceram no Seringal Santa Fé, perto de Xapuri, um seringueiro jamais conseguia ter algum dinheiro no final do mês. O preço da borracha brasileira foi desvalorizado em conseqüência da abundante oferta dos seringais cultivados na Malásia. E, apesar da depressão, o sistema de *aviamento* continuou existindo. Por esse sistema, o seringueiro sempre devia alguma coisa ao patrão. Este, conhecido como *seringalista*, nunca devia nada.

Num velho esquema de exploração, os seringalistas sempre foram os donos da terra, das árvores e da produção — na medida em que bem entendem — da borracha extraída pelos seringueiros. Moram na melhor construção do seringal, o *barracão*. Estrategicamente colocado ao lado do barracão, fica o armazém, que vende tudo aquilo de que o trabalhador precisa, ou seja, ferramentas e comida. Um serigueiro recebia a espingarda, um facão, panelas, a *cabrita* (uma espécie de faca para o corte da seringa) e outras necessidades — a crédito. Então, ele começava a trabalhar com, pelo menos, um ano de débito.

O sistema de aviamento, porém, tinha-se tornado um pouco mais liberal: os seringueiros podiam agora plantar alguns de seus alimentos, na clareira ao redor de casa, ao invés de comprar tudo do patrão a preços inflacionados. E durante a estação chuvosa, passavam a colher castanhas. No período de novembro a abril, as chuvas enchem de água as pequenas tigelas coletoras de látex, inviabilizando a extração da borracha. Os vales dos rios Purus e Acre foram abençoados com uma das mais densas concentrações de seringueiras e castanheiras — ainda assim, não havia como evitar o sistema de dívida permanente.

Francisco e Iracê

A regra no seringal era para os filhos acompanharem os pais na floresta a fim de aprenderem como cortar a seringa. Francisco, o pai de Chico Mendes, tinha dificuldades em fazer as longas caminhadas pelas trilhas, por causa de um defeito congênito nos pés. Mas, sem reclamar, aprendeu a rotina dos seringueiros. E, também depois de adulto, aprendeu a ler e a escrever, o que o destacou entre muitos outros seringueiros.

Quando seu pai morreu, Francisco permaneceu sozinho

no Seringal Santa Fé; os outros filhos deslocaram-se para outros seringais. Francisco casou-se com Iracê, que era bastante admirada por sua beleza. Eles formavam um casal singular. Ele era um típico nordestino, moreno e franzino; apenas os seus cabelos castanhos claros eram um pouco incomuns. Ela era alta e tinha olhos azuis — traços raros no Acre. As pessoas lembram-se dela como uma presença imponente. Francisco era um homem sério, de acordo com as pessoas que cresceram perto dele; não gostava de festas e vivia conversando sobre política. E odiava o aviamento, os patrões e o aluguel em borracha pelo uso das *estradas* da seringa.

Infância na selva

No dia 15 de dezembro de 1944, Iracê Mendes deu à luz um filho, Francisco "Chico" Alves Mendes Filho. O seringal onde ele nasceu, chamado Porto Rico, é hoje uma área parcialmente desmatada.

Os Mendes moravam agora numa *colocação* chamada Bom Futuro. Colocação é uma área no meio da floresta onde o seringueiro mora e cuida de um certo número de árvores, das quais extrai a borracha ou colhe castanhas. Na clareira central da colocação, ele constrói sua casa sobre estacas, com cascas de troncos da paxiúba — uma espécie de palmeira encontrada em abundância na região. Ao redor da casa, ele cultiva, para sua subsistência, arroz, feijão, mandioca e milho.

Aos nove anos, Chico Mendes já acompanhava seu pai na floresta. Acordava antes das cinco, tomava um café forte, comia carne seca com farinha de mandioca, e pegava a *estrada* da seringa. *Estrada* — ou *trilha* — é um caminho sinuoso que começa e termina na clareira central. Em toda colocação há, geralmente, três estradas que possuem, cada uma, cerca de 150 a 180 seringueiras; cada árvore dista mais ou menos cem metros da outra.

Casa onde viveu Chico Mendes.

Chico com a esposa Ilzamar e os filhos Sandino e Elenira.

Chico, aos 11 anos, passou a trabalhar como seringueiro em tempo integral. No circuito da manhã, ele percorria as estradas, fazendo um corte de 40 centímetros em cada seringueira e posicionando uma tigela bem abaixo do corte. Quando o látex começava a escorrer, Chico já estava descendo a estrada rapidamente em direção à próxima seringueira. Só no percurso da manhã, o seringueiro caminha cerca de vinte quilômetros. À tarde, refaz o mesmo caminho para recolher o látex acumulado dos cortes feitos pela manhã. Essa rotina, que exige permanentes caminhadas, fez com que Chico, também, logo adotasse o andar característico do seringueiro, de passadas largas e ligeiras.

Nessa época, seu pai passou a dedicar-se à plantação na clareira. A família mudou-se para a colocação chamada Pote Seco, no seringal Equador, próximo a Cachoeira. Chico extraía a borracha, caçava, para o almoço, um tatu, uma paca ou um capelão (macaco vermelho cozido na água da castanha); e já lia um jornal com fluência, resultado das aulas noturnas com seu pai.

Discípulo de um tenente

Aos 12 anos, Chico Mendes conheceu Euclides Fernandes Távora, primo de Juarez Távora, aliado de Luís Carlos Prestes. Junto de outros oficiais do Exército de sua geração, o tenente Távora havia participado da Intentona Comunista, em 1935. Foi preso durante o Estado Novo de Vargas e, com a ajuda influente de sua família, conseguiu fugir da colônia penal de Fernando de Noronha. Foi para a Bolívia e lá se engajou no Partido Comunista Boliviano. Novamente perseguido, escondeu-se na fronteira, na selva amazônica, perto da colocação dos Mendes, e lá aprendeu a sangrar a seringueira e fazer a borracha.

Certo dia, Távora resolveu passar na casa dos Mendes.

Por causa de uma conversa com o pai de Chico, que odiava os seringalistas e o sistema de exploração, Euclides Távora resolveu ensinar Chico Mendes aos fins de semana. A partir de então, aos sábados, Chico saía de casa e caminhava três horas pela mata até chegar à colocação de Távora.

Chico lia os jornais. Távora explicava as notícias e tecia a história da luta de classes — salpicada sempre com referências a Lênin e Marx. Euclides Távora falava de sua luta, desde jovem, contra a enorme e persistente distância entre ricos e pobres na sociedade brasileira. Alguns anos depois, Chico se reportaria àquela época com Euclides Távora como um dos acasos felizes e decisivos de sua vida.

As aulas com Távora tiveram uma interrupção quando Chico estava com 17 anos e teve de trabalhar horas extras, depois que uma tragédia atingiu sua família. Dona Iracê morreu em conseqüência de uma hemorragia pós-parto, aos 42 anos. No mesmo ano, morreram uma de suas irmãs e Raimundo, o irmão mais velho de Chico. Raimundo tropeçou quando caminhava pela floresta; sua espingarda disparou, atingindo-o no ouvido, matando-o instantaneamente.

Se todos os filhos de dona Iracê tivessem sobrevivido até a fase adulta, Chico Mendes teria 17 irmãos; mas, com as condições de vida difíceis, passou a ser o mais velho de quatro irmãos e duas irmãs.

O aprendizado político de Chico com Távora foi retomado nos anos seguintes. Távora conseguiu um rádio, e Chico começou a ouvir os noticiários em português da Central de Moscou, BBC de Londres e Voz da América. Comparando vários acontecimentos do mundo, Távora infundia em Chico a consciência da geopolítica e o lugar do Brasil no jogo de tração entre comunismo e capitalismo.

Em 1965, Euclides Távora, bem mais magro e doente, disse que ia para a cidade arranjar um médico e nunca mais voltou.

Com o revolucionário Euclides Távora, Chico aprendeu não apenas a ler em jornais, mas também a pensar e recolher elementos para compreender o País e a condição dos seringueiros. Uma das principais lições que Távora lhe passou foi a de Lênin, que dizia que a luta dos trabalhadores deve ser feita através dos sindicatos: "Lênin pregou que, em determinadas circunstâncias, não se deve deixar de entrar num sindicato só porque ele é *amarelo* (pelego)", ensinou o mestre.

Quando Távora sumiu do seringal para nunca mais ser achado, deixou um líder quase pronto. Era 1966, e o curso, que custara ao aluno caminhadas de seis horas aos sábados e domingos, estava terminado desde o ano anterior. O golpe de 64 Chico acompanhou pelo rádio. Os programas da Voz da América e da Central de Moscou apresentavam versões conflitantes — um falava em vitórias da democracia e outro, num golpe financiado pela CIA. Aquele ouvinte atento, perdido na selva amazônica, acostumou-se a tirar suas próprias conclusões depois de ouvir as divergências. Essa saudável mania, foi mantida até a morte.

Aos 22 anos, Chico Mendes escreveu cartas ao presidente Humberto de Alencar Castelo Branco descrevendo o sofrimento dos seringueiros e como o analfabetismo permitia aos patrões roubar dos trabalhadores rurais nas contas do final de cada mês. Chegaram algumas respostas educadas, mas totalmente inúteis.

Casamento em Cachoeira

Chico Mendes mudou-se para o seringal Cachoeira após o casamento com Maria Eunice Feitosa, uma tranqüila garota de 16 anos. Eles se casaram em 7 de fevereiro de 1969, na clareira central de Cachoeira, junto com vários outros casais (o padre costumava realizar vários casamentos de uma vez, quando visitava os seringais).

O casal estabeleceu-se na beira de um pequeno lago em Cachoeira, mas Chico passava pouco tempo em casa. Quando não estava extraindo o látex, caminhava pelas estradas da borracha para organizar os seringueiros. E foi assim que teve início, embora isoladamente, um trabalho para conseguir a autonomia do seringueiro.

A primeira ação de Chico Mendes em favor dos seringueiros foi confrontar os patrões em Cachoeira e exigir mudanças na relação exploradora que persistia no seringal. Chico sabia que a queda nos negócios da borracha dava-lhe poder de barganha. Afirmando que os seringueiros não estavam mais dispostos a pagar um aluguel em borracha pelo uso das estradas, Chico Mendes conseguiu sua primeira vitória. Em um ano, os patrões cederam à reivindicação.

Menos de um ano após seu casamento, nasceu Ângela. Mas, nessa época, o casal vivia brigando. Depois de uma discussão, cada um ia para casa de seus respectivos parentes — Eunice voltava para a casa de seus pais, e Chico ia para a casa da tia Cecília.

Um ano depois do nascimento de Ângela, Eunice engravidou novamente; no sétimo mês de gravidez, o casamento chegou ao fim. Eunice voltou definitivamente para a colocação de seus pais e Ângela foi adotada por uma tia, irmã de Eunice. Chico não chegou a ver sua segunda filha, Roseângela, que morreu aos 11anos. A ex-esposa casou-se pela segunda vez, constituiu nova família e hoje, vive numa pequena fazenda, fora de Xapuri.

Reproduzindo as lições de Távora

No começo dos anos 70, Chico deixou o seringal e começou a dar aulas para adultos em Xapuri. Isso marcou uma mudança importante em sua vida: ele nunca mais trabalharia em tempo integral como seringueiro e, nas horas vagas, extraía a borracha para outros seringueiros.

Um desses seringueiros, no seringal Santa Fé, era o pai

de uma garota de 9 anos chamada Ilzamar Gadelha Bezerra. Chico ensinou-a a ler, escrever e descobrir um pouco do mundo exterior da floresta. "Eu não sabia nem do *a*. Foi ele que me ensinou o ABC", lembra hoje Ilzamar. O professor arranjou uma cartilha e abriu uma escolinha para ela e dois irmãos. "Antes de sair para cortar, ele dava uma lição pra gente", recorda a ex-aluna. "Depois vinha, dava outra lição e voltava pra mata pra colher." O curso durou dois anos; quando o professor partiu, a desolação foi geral. "Quando ele foi embora, eu e meus irmãos, todo mundo chorou." Ilzamar só voltou a ver o antigo professor quando já tinha 17 anos, num forró na casa de amigos, para se casarem depois de dois anos de namoro.

Igreja e sindicato chegam a Xapuri

Sem a ajuda da Igreja, talvez fosse improvável a existência de um movimento de serigueiros. A Igreja cultivou lideranças e um combativo senso de propósito entre os isolados habitantes da floresta, através das comunidades de base. Mas um outro elemento levou os serigueiros para além das ações isoladas: os sindicatos. O movimento sindical chegou ao Acre em 1974, um ano após Moacyr Grechi ter-se tornado bispo de Rio Branco

O sindicato chegou exatamente como Euclides Távora havia previsto: não independente; registrado e controlado pelo governo. Conforme aprendera de Távora, Chico entrou no sindicato, usou-o para organizar as bases, difundir suas idéias e fortalecer o movimento.

Participou o sindicalista do primeiro curso da Confederação Nacional dos Trabalhadores na Agricultura (Contag), em 1975, sobre direitos da terra e organização sindical. O delegado da Contag, João Maia, ficou impressionado com ele, que, além de ler e escrever num nível bem superior a outros trabalhadores, conhecia também os fundamentos da filosofia sindical.

Vereador Chico Mendes

A convite de um mercador de Cachoeira, Guilherme Zaire, Chico Mendes saiu candidato a vereador em Xapuri pelo MDB, no ano de 1977. Zaire estava organizando uma grande investida para dar ao MDB, o partido de oposição, o controle da Câmara de Vereadores de Xapuri.

No começo, os líderes sindicais rejeitaram a idéia, mas Chico acabou por convencê-los de que seria mais fácil criar o sindicato rural em Xapuri se ele fosse vereador. Com a campanha financiada por Zaire, Chico foi eleito e, logo depois, foi fundado o novo sindicato dos trabalhadores rurais em Xapuri.

Como político, Chico Mendes nunca foi muito pragmático. Freqüentemente, o auditório da Câmara se esvaziava quando Chico mergulhava em seus longos discursos, cheios de retórica, sobre os direitos dos seringueiros; além disso, era comumente ridicularizado pela direita e também por outros representantes do MDB que se opunham às suas idéias radicais.

Empates contra o desmatamento

A ocupação intensiva gerenciada pelo governo na Amazônia, na década de 70 atingiu também o Acre. Agricultores do sul do País chegaram para explorar a terra, substituindo os seringais por fazendas. Segundo os seringueiros, até 1975, vieram abaixo 180 mil seringueiras e 80 mil castanheiras, num total de 1,5 milhão de árvores só em Xapuri. Como conseqüência das derrubadas, 10 mil famílias de seringueiros sem trabalho acabaram como favelados na periferia da capital do Acre ou na Bolívia.

Conforme crescia a especulação das terras no Acre no final dos anos 70, os trabalhadores começaram a se organizar para a tarefa de impedir os cortes.

Chico Mendes agora era visto quase sempre nas estradas da floresta, recrutando os seringueiros a se sindicalizarem e participarem dos *empates*. Nos empates, os seringueiros, acompanhados de mulheres e crianças, colocavam-se entre as árvores e os tratores e motosserras para impedir a destruição das florestas do Acre.

O jeito manso de Chico

O padre de Teologia da Libertação, Otávio Destro, caminhava com Chico Mendes pela mesmas trilhas para recrutar pessoas às comunidades de base. Apesar de uma diferença em tática, o movimento sindical e a Igreja eram claramente complementares.

No início, Chico encontrou dificuldades em convencer as pessoas a se sindicalizarem, porque os fazendeiros haviam espalhado rumores de que a operação possuía uma inspiração comunista; mas as comunidades de base deram-lhe estrutura e ele acabou por encontrar pessoas conscientes de seus direitos básicos e da possibilidade de determinar seu próprio destino.

Numa dessas caminhadas pela floresta, Destro notou no sindicalista qualidades imperceptíveis em outras pessoas. Chico possuía uma determinação obstinada que, mais tarde, o empurrou para dentro da política, como um candidato socialista num Estado conservador. E uma energia e persistência que o empurraram para países estrangeiros com o objetivo de pressionar os bancos multilaterais a suspenderem empréstimos que ameaçavam as florestas do Acre. Foi essa mesma obstinação que o levou — talvez longe demais — a perseguir os homens que estavam ameaçando sua vida e seu trabalho.

"Eu era um eleitor de oposição, tinha uma convicção de oposição ao sistema, mas não entendia do processo político-partidário."

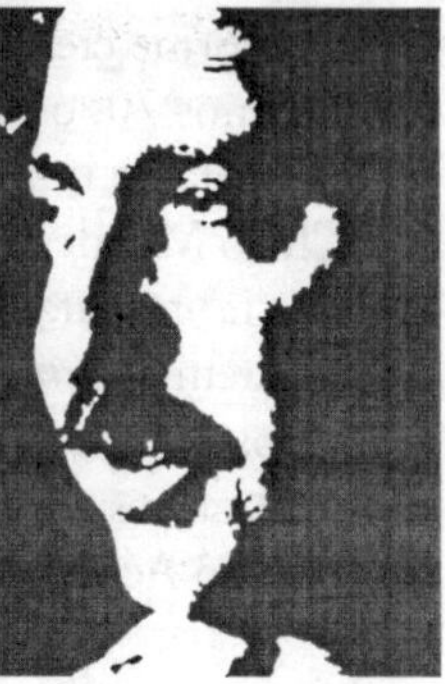

Chico Mendes possuía, ainda, as qualidades do seringueiro, cruciais para a obtenção do apoio dos isolados habitantes da floresta: o seu jeito manso era típico dos que trabalhavam com a borracha e, talvez por isso, eles vivessem num reino calmo, onde geralmente o som mais alto era o baque de uma castanha no solo da floresta.

Quando Chico chegava num seringal, não convocava de imediato uma reunião. Primeiro ele entrava na casa do seringueiro, sentava-se e conversava por alguns momentos. Tomava uma caneca de água e perguntava sobre a família, a vida em geral e a situação do trabalho. Costumava brincar com as crianças e, ainda sentado, admirava a construção da casa ou a qualidade da mandioca cultivada na clareira.

De uma colocação a outra, Chico ia coletando informações e conhecendo os problemas de cada seringueiro. Somente depois de ganhar a confiança de cada um é que começava a falar sobre o sindicato, a organização e a resistência.

Destro admirava em Chico essa forma de aproximação, tão natural que, na verdade, nem era uma tática, mas simplesmente uma maneira particular de comportamento. Dessa forma, Chico conquistou Xapuri, mas, apesar do seu jeito manso e afável, não se intimidaria em denunciar qualquer um que ameaçasse a floresta. E isso começou a incomodar os fazendeiros do local.

Fazendeiros x seringueiros

O primeiro a cair foi Wilson Pinheiro, presidente do sindicato rural de Brasiléia, em julho de 1980. Sua morte galvanizou uma intensa resposta emocional no local. Apenas algumas horas depois do assassinato, os seringueiros tomaram a estação de rádio em Brasiléia e começaram a emitir um apelo para que todos nos seringais viessem à cidade assistir ao funeral e a um comício. Mais de mil seringueiros responderam ao chamado, e clamaram vingança: "Se ninguém de Brasiléia procurar vingança pela morte de Wilson, nós o faremos". Os seringueiros estavam prontos para lutar; deram sete dias para as autoridades encontrarem o assassino.

Sete meses antes desse crime, Chico Mendes foi empurrado para dentro de um carro, em Rio Branco, espancado por quatro homens encapuzados, e depois jogado na beira da estrada. Os homens poderiam facilmente ter matado Chico naquele dia, mas não o fizeram. A morte de Wilson Pinheiro foi o primeiro verdadeiro assassinato.

Uma semana após o crime, houve um comício do PT em Brasiléia. O presidente do Partido dos Trabalhadores, Lula, celebrou a chegada do PT na região e, através de um discurso, atacou o nível de violência que tinha atingido o Acre. Vários seringueiros pegaram o microfone e começaram a incitar a multidão para o "justiçamento".

Chico Mendes pediu precaução e opôs-se a uma resposta violenta ao assassinato. Mas os trabalhadores estavam dispostos a se proteger. Se os fazendeiros pensaram que, matando Wilson, esmagariam o movimento, estavam muito enganados. No mesmo dia do comício, os seringueiros mataram, com 40 tiros, o fazendeiro suspeito de estar envolvido na morte de Wilson Pinheiro.

A polícia, que tinha sido visivelmente negligente em investigar a morte de Pinheiro, mostrou um extraordinário nível de energia e entusiasmo ao cercar mais de uma centena de seringueiros e jogá-los numa cela: tinha pressa em descobrir quem matara o fazendeiro.

Tropas da Polícia Militar percorreram os seringais e confiscaram todo tipo de arma, de facas de cozinha a espingardas usadas para caça. Muitos membros do sindicato foram torturados. Num caso separado, todas as pessoas que haviam discursado no comício do PT foram acusados de incitar a violência e infringir as leis de segurança nacional. Chico Mendes e Lula foram enquadrados na Lei de Segurança Nacional (LSN) e levados ao Tribunal Militar, em Manaus. (O caso se arrastou até março de 1984 quando, finalmente, foram absolvidos. Pela primeira vez Chico Mendes saiu nas manchetes dos principais jornais do País.)

No fim de 1980, Chico estava sendo vigiado pela Polícia Federal, por causa de suas possíveis ligações com o ilegal PC doB. (Em 1979, de fato, Chico militou por um breve período no Partido Comunista do Brasil. Ele se filiou ao PT depois que os comunistas, a maioria de Rio Branco ou do sul, deixaram de apoiá-lo.) Em setembro, foi preso pela PF e interrogado por um dia inteiro sobre suas conexões comunistas.

Projeto Seringueiro

O Projeto Seringueiro, que incorporava escolas e uma cooperativa, ficou pronto no início de 1981. A cooperativa permitiria aos seringueiros serem seus próprios intermediários. Em vez de levarem a borracha para o *barracão* do seringal ou vendê-la para um marreteiro, os seringueiros levariam-na ao armazém da cooperativa. Lá, poderia ser trocada por mantimentos oferecidos a um preço justo, não aos preços inflacionados do sistema antigo. Quando a borracha fosse vendida no atacado, parte dos lucros retornaria aos cooperadores, com base em sua produtividade. Para que uma cooperativa assim organizada pudesse ter uma viabilidade a longo prazo, eventualmente teria de ser conduzida por seringueiros sem a ajuda de conselheiros. Para isso, eles teriam de se alfabetizar e aprender a contar.

Com esse projeto do sindicato de Xapuri, a alfabetização foi levada a vários pontos da floresta, o que contribuiu para a organização da autonomia dos seringueiros.

O projeto baseava-se, principalmente, nas propostas de Paulo Freire. Tendo como material didático a cartilha *Poronga*, procurou-se chegar à alfabetização através das palavras mais utilizadas pelos próprios seringueiros (mata, paxiúba, borracha, empate, etc.), ou seja, considerando a realidade sociocultural local.

Poronga era uma espécie de lamparina que o seringueiro colocava na cabeça para iluminar as *estradas* da seringa. Depois de emendar e soldar a folha de flandre em forma afunilada, colocava-se um bocal com pavio de lamparina *murrão* — feita com um pedaço de taboca.

A idéia do Projeto Seringueiro foi do Chico Mendes, e teve a assessoria do Centro de Documentação e Pesquisa da Amazônia, da Coordenadoria Ecumênica de Serviço (Cese) e do Centro Ecumênico de Documentação e Informação (Cedi), além da antropóloga Mary Allegretti.

Vitórias frente a Bordon e o "rei do gado"

Em maio de 1985, Geraldo Bordon, dono da maior empacotadora de carne do Brasil e proprietário do seringal Nazaré, recebeu permissão do escritório florestal para derrubar 1.730 acres da floresta amazônica. Essa área abrigava

1.500 seringueiras e 600 castanheiras. A permissão da Bordon era uma violação direta ao Código Florestal, que proibia o corte dessas duas espécies bem como o desmatamento ao longo dos bancos de rios e córregos. Mesmo assim, Bordon recrutou a ajuda da Polícia Militar, que enviou oito policiais à área para dar cobertura ostensiva à derrubada.

Imediatamente, diversos empates foram organizados no seringal Nazaré. Frente à firme e incansável oposição liderada por Chico Mendes, Bordon finalmente desistiu e vendeu suas terras no Acre.

Um outro poderoso paulista também foi expulso através de *empates*. Rubens Andrade de Carvalho, o "rei do gado", que possuía fazendas no sul do Brasil e nos Estados Unidos, havia comprado o seringal Filipinas para transformá-lo em pasto. Chico e seus companheiros tanto dificultaram a devastação da área que o chamado "rei" foi forçado a desistir de seus negócios naquele Estado.

Vitórias como essas exacerbaram o ódio dos fazendeiros a Chico Mendes que, agora, era o mais proeminente representante do movimento dos seringueiros.

Candidato socialista num Estado conservador

Apesar de estar no epicentro de uma autêntica guerra fundiária, Chico Mendes decidiu candidatar-se a deputado estadual pelo PT nas eleições de 1986. Viajou por todo o Estado do Acre durante sua campanha, mas deixou claro que não tinha vocação para a política convencional.

Política estava no seu sangue, mas ele se recusava a fazer o que todos os políticos costumam fazer para ganhar uma eleição — abrir mão de seus princípios para agradar o eleitorado.

O cenário político do Estado também não lhe era favorável. Seus oponentes eram fortemente patrocinados pelos fazendeiros. E Chico era um candidato do Partido dos Trabalhadores num Estado que nunca havia oscilado da centro-direita. A maioria dos que poderiam ser seus eleitores, os trabalhadores rurais, não possuía título de eleitor. Num seringal, uma recente pesquisa mostrou que, de 106 adultos do movimento dos seringueiros, somente três possuíam o título de eleitor.

Ao lado das dificuldades políticas estavam as econômicas. Pela sua posição no sindicato, Chico recebia um salário simbólico. Antes, ele suplementava essa renda com trabalho ocasional na floresta; mas, com a campanha, não lhe sobrava mais tempo para tal.

Estava, portanto, em sérias dificuldades econômicas. Nas primeiras horas de 2 de agosto de 1986, Ilzamar deu à luz gêmeos, mas um nasceu morto; só Sandino sobreviveu. Como Chico não tinha dinheiro nem para uma passagem de ônibus, Adrian Cowell pagou a conta do hospital.

Durante o término da estação seca de 1986 e enquanto se aproximava a época de queimadas, Chico Mendes amarrou sua plataforma diretamente à questão ecológica: ele lideraria a "defesa da Amazônia". Seus companheiros de campanha circulavam pela cidade num jipe, com um megafone, anunciando: "Chico Mendes, na defesa da floresta amazônica; pela criação de reservas extrativistas".

Ainda durante a campanha, o líder sindical denunciou que um avião particular havia pousado no aeroporto de Rio Branco, cheio de dinheiro para comprar votos ao PMDB. No documentário filmado por Adrian Cowell, fica evidente que o tráfico de votos era intenso em Xapuri. Votos eram trocados por utensílios de cozinha, como uma panela de pressão. Uma família com muitos eleitores poderia ser comprada com uma pequena motosserra.

Além disso, o retorno do governo civil no Brasil havia ressuscitado um clientelismo antigo. Em 1982, o Acre tinha

7.800 funcionários públicos. Em 1986, a burocracia inflou para 20 mil Estimava-se que 70% dos trabalhadores em Xapuri eram funcionários do governo federal, estadual ou municipal.

Mendes não teve chances. Primeiro, era compulsivamente honesto; sua honestidade foi uma característica que ficou evidente no documentário filmado por Cowell no dia da eleição. Naquela manhã, Chico parou na barraca da dona Maria para tomar seu café, como fazia todas as manhãs. Uma mulher pediu para que ele lhe comprasse algo para beber e Chico disse: "Olha, é proibido eu, como candidato, dar dinheiro". Mesmo que quisesse comprar-lhe um refrigerante, não havia como. Chico estava desesperadamente sem dinheiro, nem mesmo para uma passagem de ônibus. O apoio financeiro do PT era mínimo. Ele pegava carona ou tinha refeições com Cowell toda vez que era possível.

Quando as urnas foram abertas, Chico e o PT realmente tinham perdido as eleições. Nacionalmente, o PMDB ganhou 96% das cadeiras de governadores e 55% do Congresso. No Acre, os candidatos do PT obtiveram apenas 3% dos votos. Embora o sindicato de Chico tivesse 2 mil membros, ele recebeu apenas 800 votos — metade dos 1.500 necessários para ser eleito. Ele era respeitado dentro do sindicato e querido por quase todos, exceto os fazendeiros, mas, definitivamente, Chico não aconteceu como político.

Relações internacionais

Com a ajuda de Adrian Cowell, Chico Mendes começou a se preparar para sua nova carreira em relações internacionais. Cowell, um cineasta britânico de 55 anos, tinha se tornado, desde 1986, um dos mais confiáveis e influentes amigos de Chico de fora da floresta. Havia dez anos ele vinha filmando um documentário sobre a invasão humana da Amazônia chamado *A Década de Destruição*. Sem Cowell, é provável que Mendes tivesse continuado como um líder sindical em Xapuri — mas Cowell identificou na luta do companheiro uma idéia que poderia salvar a Amazônia — pelo menos, um pouco dela — das motosserras. A chave era dar a Chico uma grande platéia, uma platéia fora da floresta.

A convite de Cowell, alguns membros das Nações Unidas vieram a Xapuri no início de 1987. Durante a visita, puderam ver de perto a devastação da floresta e a expulsão dos seringueiros causada pelo projeto da BR-364, financiado por bancos internacionais.

Logo depois, ficou acertado que Chico iria aos Estados Unidos para o Encontro Anual do Banco Interamericano de Desenvolvimento (BID), marcado para 23 de março de 1987, em Miami. Representantes dos ministérios das finanças de 44 países membros estariam lá — credores e devedores. O alvo de Chico Mendes era o contingente de credores.

Orientado por Mary Allegretti, diretora do Instituto de Estudos Amazônicos, Chico memorizou dados e fatos sobre o projeto da BR-364, o valor econômico da floresta amazônica e como a pecuária era antieconômica à região.

Apenas uma semana antes do encontro, Allegretti finalmente conseguiu, no Ministério da Cultura, o dinheiro da passagem de Chico. Ele embarcou num jumbo e saiu do País pela primeira vez.

Conforme estava combinado, Chico foi recebido no aeroporto de Miami por Adrian Cowell e Stephan Schwartzman, este último, diretor do Environmental Defense Fund, entidade privada de defesa ecológica.

Chico foi levado ao Hotel Intercontinental, um daqueles altos e enormes complexos pós-modernos que têm se espalhado nos Estados Unidos. Uma floresta de bandeiras saudavam os oficiais, que tinham à sua disposição uma frota de Cadillacs. O único problema era como colocar Chico Mendes lá dentro, já que as únicas pessoas permitidas no Encontro

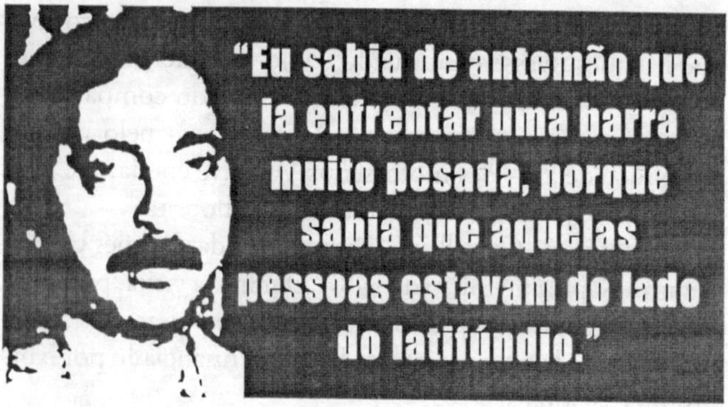

eram os representantes do governo, seus convidados e a imprensa. Cowell conseguiu arranjar-lhe, então, um passe de imprensa.

Uma vez dentro, Schwartzman apresentou Chico Mendes a todos que lá estavam. "Nós não somos contra a estrada", dizia Chico rapidamente, com Schwartzman traduzindo quando necessário. "Nós somos contra a devastação causada pelo mau planejamento que tem tomado conta da Amazônia, sem a participação das pessoas que vivem lá."

"A pecuária... economicamente não trouxe nada à região", continuava Chico. "Ela só serve para concentrar a terra nas mãos de poucos. Minha esperança é que os governos dos povos que dão dinheiro ao Banco Interamericano de Desenvolvimento ouvirão as reclamações dos seringueiros. Senão, a floresta certamente será destruída."

Após o Encontro, Chico Mendes, acompanhado de Cowell e Schwartzman, viajou para Washington. Num dos escritórios do Senado americano, ele se encontrou com o senador republicano Robert W. Kasten Jr. (Wisconsin) e explicou-lhe suas esperanças nas reservas extrativistas e seu medo a respeito do impacto que causaria a pavimentação da BR-364 sem proteção ambiental.

No final da reunião, o senador disse: "Eu posso prometer que nosso comitê vai continuar pressionando o Banco Interamericano de Desenvolvimento para reter fundos — cortar todos os fundos, possivelmente — caso eles não cooperem". Kasten apertou a mão de Chico, e estava selada a mais improvável das alianças — entre um conservador de Wisconsin, um Estado sem árvores, cuja economia se baseia na pecuária, e um marxista habitante de floresta, cujos inimigos eram os pecuaristas.

Poucos dias depois, Kasten enviou uma carta ameaçadora ao BID: "A subcomissão de recursos naturais e meio ambiente do Senado insiste em que os componentes ambientais do empréstimo sejam implementados antes que seja autorizado qualquer trabalho na rodovia... Nós não podemos permitir uma repetição da devastação que ocorreu em Rondônia."

Em 1984, a BR-364, que liga Cuiabá, no Mato Grosso, a Porto Velho, capital de Rondônia, foi pavimentada com recursos do Banco Mundial; com isso a ocupação da Amazônia se intensificou. Mil quilômetros de estradas vicinais foram abertos, tendo a BR-364 como referência. As trilhas rasgadas nas florestas serviram de caminho para se atear fogo a Rondônia. Numa faixa de 20 quilômetros à margem das rodovias, toda a cobertura vegetal foi arrancada a poder de queimadas. A devastação tornou-se incontrolável porque nem o governo brasileiro, nem o Banco Mundial se preocuparam em proteger o verde. Dos 320 milhões de dólares destinados à construção da BR-364, apenas 3% deles — 10 milhões de dólares — estavam vinculados à proteção das reservas florestais.

A viagem de Chico Mendes a Miami foi comentada numa reportagem da Gazeta Mercantil e provocou uma explosão no Acre. Os deputados estaduais se levantaram contra o "ativista presunçoso que ameaça o futuro do Brasil ao se opor a empréstimos bancários".

O deputado estadual João Tezza, advogado que representava os fazendeiros em ações contra os seringueiros, fez um discurso apontando Chico Mendes como um ser ingênuo demais e sem educação para poder compreender assuntos como empréstimos de bancos multilaterais. Segundo Tezza, "obviamente Chico estava sendo usado pelos americanos que queriam ganhar o controle dos direitos minerais na Amazônia".

Em Xapuri, o prefeito e os vereadores também acusaram Chico. Se a pavimentação da rodovia fosse adiada, diminuiria a especulação da terra que estava enriquecendo a elite local. Mais uma vez, Chico Mendes ouviu rumores de que seria morto.

Um dos primeiros lugares que ele visitou após retornar de Washington foi o seringal Cachoeira, onde moravam sua tia Cecília, o primo Sebastião e seus amigos da juventude. Chico passou uma tarde contando sobre a língua estranha dos Estados Unidos e seus encontros com alguns dos homens mais importantes do mundo. Depois daquela sua primeira viagem ao exterior, Chico estava feliz.

Não que a viagem tivesse subido à sua cabeça — pelo menos não no sentido material. Na verdade, ele não pareceu afetado pelos hotéis chiques ou monumentos de mármore; e Chico não gostava de carne bovina — preferia a de tatu ou macaco.

Sua felicidade parecia vir de uma percepção de que as perspectivas do movimento dos seringueiros haviam melhorado bastante. Apesar dos renovados ataques da oposição, Chico Mendes estava convencido de que o povo da floresta agora poderia ficar tranqüilo, pois venceria a batalha.

De organizador de base, Chico passou a ser o porta-voz nacional dos seringueiros. A transição exigiu grande adaptabilidade; ele agora dividia seu tempo entre arranha-céus e as trilhas da borracha. A mesma mente flexível que lhe permitiu absorver as idéias do mestre Euclides Távora foi posta a trabalhar frente às complexas maquinações da política e para aprender um novo vocabulário — o da ecologia.

Como presidente do Sindicato dos Trabalhadores Rurais de Xapuri desde 1981, sua luta tinha sido pela justiça, trabalho livre e direito de posse da terra. Agora, Chico Mendes começava a compreender que a ecologia — o extraordinário esplendor biológico da Amazônia — poderia ajudar os seringueiros a ganhar apoio e salvar seu modo de vida. Reconheceu que, com a questão ecológica a seu lado, os seringueiros poderiam ter uma voz no debate sobre a Amazônia.

Reconhecimento internacional

Em julho, Chico Mendes recebeu em Londres o prêmio Global 500, concedido pela ONU às personalidades que mais se destacaram na defesa do meio ambiente. Dois meses depois, fez nova viagem ao exterior, desta vez para Nova York, para receber a medalha ambiental da Better World Society (Sociedade para o Mundo Melhor), da cadeia norte-americana de televisão CNN.

De Nova York, Chico Mendes foi para Washington encontrar-se com representantes do BID e o Comitê do Meio Ambiente do Senado americano. Sob pressão de Kasten e de ambientalistas, o banco estava agora considerando seriamente o cancelamento de seu apoio ao projeto da BR-364.

Mas era exatamente isso que Chico não queria. Se o empréstimo fosse suspenso, o Brasil sem dúvida procuraria outras fontes, como o Japão, e os seringueiros e ecologistas perderiam toda a influência adquirida a duras penas até aquele momento. "Nós não nos opomos à estrada — disse Chico, repetindo o seu refrão — Nós apenas queremos uma estrada que beneficie os seringueiros e outras pessoas que vivem na floresta."

No dia seguinte à reunião, Chico Mendes foi matéria do *The New York Times*. O jornal descrevia as últimas ameaças de morte contra o sindicalista e também explicava a proposta dos seringueiros de preservar a floresta. A reportagem rendeu ao caso Chico Mendes uma nova legitimidade; e fez com que ele começasse a ser notado pela imprensa no Brasil.

Ao retornar de sua terceira viagem ao exterior, Chico novamente foi atacado por seus oponentes políticos que o descreveram como "antibrasileiro", "antiprogresso" e até mesmo "um instrumento da CIA". O vereador Wanderley Viana, futuro prefeito de Xapuri, ridicularizou o prêmio concedido ao líder sindical. Na rádio, ele disse: "Aquilo não foi uma medalha. Foi uma matraca para colocar no pescoço de um burro". Embora o reconhecimento internacional tivesse inflamado a animosidade em sua direção, Chico acreditava que os prêmios eram como um escudo que o protegeria dos perigos da selva.

No final de 1987, Chico Mendes era um outro homem. Começara o ano como um líder sindical desconhecido e político derrotado mas, aos poucos, aparecia em alguns dos mais importantes jornais do mundo. Como resultado, o Conselho Nacional dos Seringueiros (CNS) passou a receber doações da Fundação Ford; havia também a possibilidade de conseguir uma pequena bolsa da Fundação Gaia, o que permitira a Chico Mendes comprar uma casa em Xapuri, onde pudesse morar com a mulher e os dois filhos.

Reserva extrativista

Desde a fundação do CNS, em outubro de 1985, os trabalhadores que vivem da extração de produtos nativos da floresta vinham lutando para a criação de áreas reservadas para a sua atividade — as reservas extrativistas.

Era uma idéia simples: regularizar áreas de exploração coletiva e introduzir técnicas essenciais para a melhoria da qualidade dos 23 produtos extraídos da floresta (há mais de 100, estimam os especialistas), barateando, assim, a produção e a comercialização.

A base de tudo era a preservação da floresta. Os seringueiros queriam evitar que se repetisse no Acre, com a pavimentação da estrada Porto Velho–Rio Branco, o que aconteceu em Rondônia, com o asfaltamento da Cuiabá–Porto Velho: migração descontrolada (500 mil pessoas em cinco anos) e destruição das florestas do Estado por projetos agropecuários. A floresta, segundo Chico, tinha um destino mais inteligente do que virar pasto.

Em julho de 1987, o Incra (Instituto Nacional de Colonização e Reforma Agrária) criou o Projeto de Assentamento Extrativista, no Plano Nacional de Reforma Agrária. Em fevereiro de 1988, reuniram-se o time de engenheiros florestais do governador do Acre, Flaviano Melo (PMDB), especialistas do direito da terra, representantes do Incra, Chico Mendes e outros seringueiros, para firmarem os planos sobre reservas extrativistas. Graças a uma pequena doação da Fundação Ford, os seringueiros puderam contratar consultores para ajudá-los na negociação.

Após uma semana de reuniões, o govenador anunciou que a primeira reserva seria no seringal São Luís de Remanso. Mas esse seringal já estava em terras do governo; não era uma área de conflito entre fazendeiros e seringueiros. As autoridades convenientemente haviam ignorado outros seringueiros onde havia perigo iminente de desmatamento e violência.

Seringal Cachoeira

Um dos seringais em perigo era o Cachoeira, onde Chico havia passado a sua juventude. Cachoeira era uma das últimas áreas remanescentes da floresta tropical virgem em Xapuri.

Darly Alves da Silva, o violento proprietário da fazenda Paraná, havia feito um trato com quatro negociantes de São Paulo que possuíam o seringal. Cansados de enfrentar os seringueiros, os paulistas concordaram em vender a Darly 14 mil acres de uma área total de 61 mil acres a um preço de

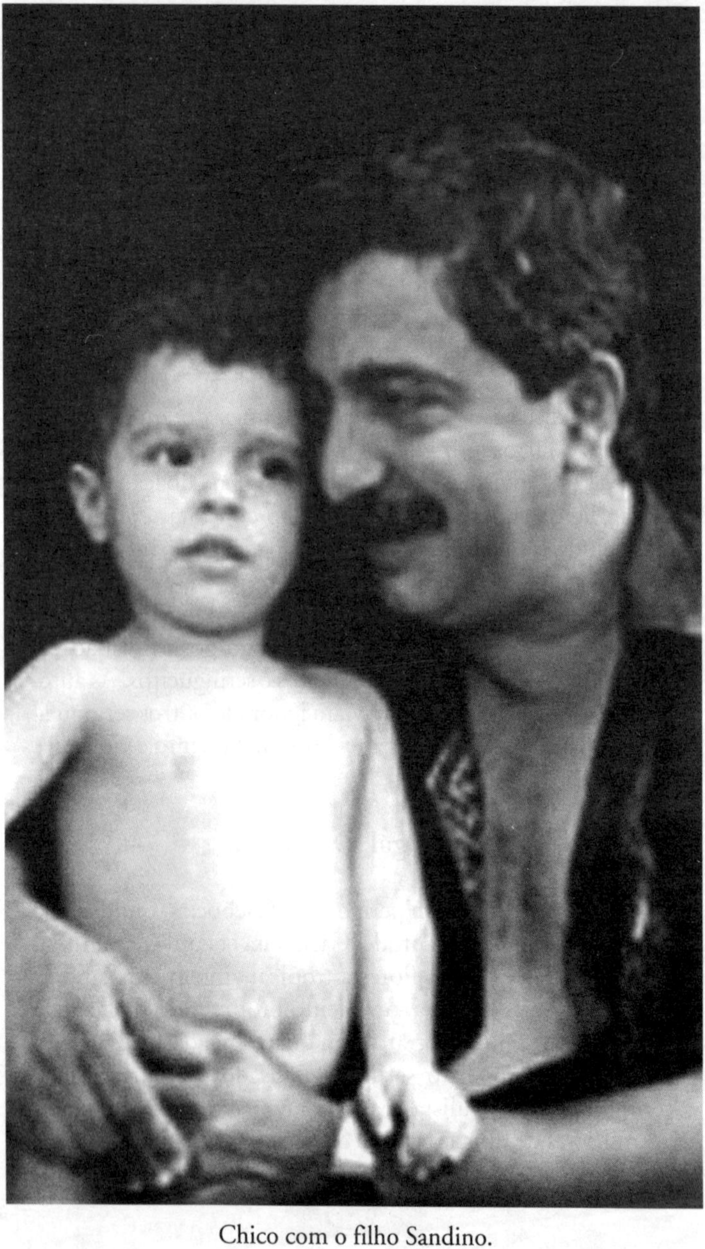

Chico com o filho Sandino.

barganha. Em troca, Darly "limparia" a área usando o poder da queimada.

Para Chico Mendes, a tentativa de derrubar Cachoeira era um assalto direto a sua herança pessoal e à essência do movimento. Chico foi de casa em casa nos seringais ao redor de Xapuri, mobilizando centenas de pessoas para se reunirem em Cachoeira.

O plano era acampar lá indefinidamente — ou até Darly desistir. Numa reunião na clareira central, alguns disseram estar cansados de táticas não-violentas e exigiram a formação de uma milícia armada. Chico discordou, argumentou que os seringueiros perderiam o apoio político e certamente dariam um motivo para a Polícia Militar avançar. Em votação, mais de três quartos dos trabalhadores reunidos ficaram do lado de Chico.

A área acabou sendo desapropriada pelo governo, em março de 1988. Em público, Darly declararia que "havia sido um bom negócio para todos". Ao encontrar Chico em Xapuri, certo dia, Darly disse: "Chico, foi feito o que você queria, e eu também consegui o que eu queria. Vendi o seringal a um bom preço; e você terá sua reserva extrativista". No entanto, todos sabiam que Darly ainda estava furioso.

Outras terras foram sendo desapropriadas pelo governo, e os fazendeiros do Acre começaram a se preocupar com as reservas extrativistas que colocariam em risco seus investimentos. Cachoeira serviu efetivamente como um aviso: os fazendeiros teriam pela frente muitas dificuldades para encontrar pasto em Xapuri.

A questão verde na luta de Chico

Embora aumentassem as ameaças a Chico Mendes, ele ganhou uma nova e influente aliada: a atriz Lucélia Santos viajou ao Acre para as comemorações do Dia do Trabalho e o 1º Encontro de Mulheres dos Seringais; e este foi o primeiro esforço organizado para conscientizar as mulheres da Amazônia sobre seus direitos.

Militante do ainda jovem Partido Verde, Lucélia Santos, quando soube das ameaças contra Chico Mendes, exigiu — e conseguiu — uma audiência com o governador do Acre. Com o apoio do grupo de jornalistas que a acompanhava, Lucélia convenceu o governador Flaviano Melo a providenciar dois seguranças para Chico Mendes. Mas a medida foi apenas paliativa, e logo as ameaças foram substituídas por ação.

No começo de junho de 1988, Lucélia Santos conseguiu uma viagem para Chico Mendes ao Rio de Janeiro, onde ele participou de uma série de entrevistas, palestras, jantares e debates. Ignorado quando ganhou os prêmios no exterior em 1987, o líder sindical era agora retratado nos principais jornais do País.

Mas a atenção nacional estava chegando tarde demais. Os problemas em Xapuri continuavam seguindo um curso independente da percepção do mundo externo. Mesmo com os repórteres convergindo a Xapuri para colher dados sobre a luta dos seringueiros, e mesmo com o apoio financeiro da Fundação Ford, os pistoleiros continuaram com a arena de intimidação.

Ainda no mês de junho, a vítima foi Ivair Higino de Almeida que, aos 26 anos, diretor do sindicato de Xapuri e candidato do PT à Câmara de Vereadores, foi assassinado com oito tiros. No começo de setembro, José Ribeiro, um ex-seringueiro, foi baleado na boca e na barriga, e morreu imediatamente.

Como era típico, nenhuma investigação se seguiu aos assassinatos. A polícia não tinha condições técnicas e materiais de investigar, e os promotores não existiam em Xapuri. O Acre é um Estado em que a grande maioria das comarcas não tem representantes do Ministério Público. Xapuri ficou doze anos sem juiz. Como resultado, o tribunal se inundou com mais de uma década de casos inacabados; nenhum caso ia a julgamento havia mais de vinte anos.

Conforme o número de assassinatos continuava aumentando em Xapuri, os aspectos ecológicos da luta para salvar a Amazônia se tornaram secundários para Chico Mendes que, aos poucos, ia ficando cansado de ser chamado, pela imprensa, de "ecologista". Para ele, aqueles que viviam fora da floresta pareciam somente interessados em "plantinhas e beija-flor".

Certa noite, no sindicato, Chico assistia a um documentário na televisão sobre o efeito estufa e o dióxido de carbono expelido das queimadas da floresta amazônica quando, de repente, viu-se na tela como "o ecologista da própria Amazônia, lutando para salvar os pulmões do mundo". Numa rara mostra de frustração, Chico saltou da cadeira e gritou para a TV: "Eu não estou protegendo a floresta porque me preocupo que em 20 anos o mundo vai ser afetado. Eu me preocupo com as pessoas que vivem aqui e dependem da floresta — e suas vidas estão em perigo todos os dias".

O caso do jornal *O Rio Branco*

O jornal acreano *O Rio Branco*, que mantinha um ponto de vista relativamente liberal em suas matérias, foi comprado em agosto de 1988 pelo líder da UDR no Acre, João Branco, e dois outros poderosos latifundiários, os irmãos Narciso e Naildo Mendes. Narciso era um deputado federal que firmemente apoiava a posição da União Democrática Ruralista.

Conta um repórter do jornal, Antônio Alves, que, certo dia, Naildo Mendes entrou trovejando na redação, gritando e agitando um exemplar de *O Rio Branco* que trazia a seguinte manchete: "Dois mil hectares assassinados". Tratava-se da propriedade de Naildo.

"A partir de agora", disse ele, "esse jornal escreve o que

eu quero que escreva." E os proprietários decidiram "limpar" a redação, exatamente como faziam com as suas terras; quase todos foram despedidos. Depois de um mês, o jornal estava irreconhecível. A redação estava sob ordens estritas de atacar o PT, Chico Mendes e a Igreja.

João Branco, mais tarde, diria ao produtor de filmes Miranda Smith: "Nós tiramos Chico Mendes de circulação quando compramos o jornal. Também o bispo local. A política deles não é de interesse de nossos negócios. Eles pregam o socialismo, enquanto nós defendemos a livre iniciativa. Eu não vou lhes dar espaço ou colocar esses cavalheiros no jornal". Logo em seguida, João Branco e seus sócios compraram uma das estações de TV do Acre, que também veio a se tornar uma plataforma para a UDR.

(*O Rio Branco* foi também o único jornal da capital acreana a noticiar, com fotos e bastante destaque, a morte de Chico Mendes já no dia seguinte, 23 de dezembro. Chico morreu ao anoitecer do dia 22, e a estrada, de 188 quilômetros, entre Rio Branco e Xapuri, estava praticamente interrompida por causa das chuvas. Naquela mesma noite, o investigador-chefe do caso levou seis horas para fazer esse percurso. Mas dois repórteres e um fotógrafo do jornal já estavam na casa de Chico Mendes 90 minutos após o crime. Quando chegaram, falaram com alarde sobre a sua corrida a Xapuri — tiveram que trocar um pneu na estrada, bateram o carro contra um boi e ainda conseguiram fazer a viagem em uma hora e meia. Um soldado da PM achou essa estória incrível, e pôs a mão sobre a capota do motor do carro deles. Não estava nem aquecido, e a frente do carro não mostrava sinais de lama ou qualquer estrago. Esse fato foi usado pelas lideranças ligadas à Igreja e aos seringueiros para mostrar que a UDR, ou pelo menos o jornal ligado à entidade, sabia do atentado a Chico Mendes antes que ocorresse.)

Enquanto o perigoso duelo de Chico Mendes com a família de Darly Alves escalava dramaticamente, meses se passaram sem qualquer progresso na investigação policial do assassinato de Ivair Higino. Na verdade, não havia investigação alguma. Parte do problema era a amizade da família Alves com o delegado da cidade. Darci, o filho de Darly, era freqüentemente visto do lado de fora da delegacia de polícia, que ficava a alguns metros da casa de Chico. Darci vivia sentado num banco, sob a sombra de uma árvore, papeando com os guardas — que nunca estavam ocupados.

Na época da morte de José Ribeiro, Chico Mendes viajou ao sul para participar do 3º Congresso Nacional da CUT e da primeira grande conferência sobre reservas extrativistas.

O duelo contra Darly e a Polícia

Durante a conferência, Chico encontrou-se com Genésio Natividade, um jovem advogado que trabalhava para os seringueiros, e mencionou-lhe que seu principal oponente, a família Alves, tinha vindo do Paraná. Havia rumores de que Darly, seu irmão Alvarino, e o pai Sebastião eram procurados da polícia por crimes passados.

Genésio se ofereceu para verificar se algum caso envolvendo a família Alves existia nos arquivos do Departamento de Justiça. Sem surpresa, ele encontrou uma referência a um caso antigo, mas ativo, contra Alvarino. Existia uma ordem de prisão, emitida em 1973, porque Alvarino tinha resistido à prisão e ferido um policial. O arquivo completo estava no Departamento de Justiça de Umuarama, onde os Alves viviam antes de se mudarem para a Amazônia.

No arquivo legal de 400 páginas rapidamente ficou evidente o passado de violência da família. O mais importante era o caso no qual os Alves eram acusados de terem matado um vizinho de Sebastião após uma disputa de terras.

O juiz havia encontrado evidências suficientes para levar Alvarino e Darly ao tribunal, e ordens de prisão tinham sido emitidas para ambos. Mas as ordens nunca chegaram a ser cumpridas, porque os dois já haviam fugido do Estado.

Quando Chico retornou ao Acre, parecia revitalizado com o que havia descoberto. No final de setembro, Genésio Natividade foi ao Rio Branco encontrar-se com Chico Mendes e o bispo Moacyr Grenchi para decidir como proceder.

Como Darly era muito amigo da polícia de Xapuri, Chico achou melhor levar os documentos, que incriminavam a família Alves, diretamente ao superintendente regional da Polícia Federal, em Rio Branco. O superintendente Mauro Spósito era o mesmo homem que, durante os anos negros da ditadura militar, oito anos atrás, havia interrogado Chico Mendes várias vezes.

Spósito pareceu genuinamente satisfeito por ter algo em mãos sobre a família Alves. Ao sair do escritório da PF, Chico viu no bar em frente, tomando cerveja, justamente Darly. Acompanhado de seu advogado Genésio, Chico caminhou uns cem metros, foi ao Pinheiro Palace Hotel e subiu ao quarto de Mary Allegretti, de onde telefonou para a PF. Quem atendeu foi o delegado Hildo Reni, substituto de Spósito, que recebeu o aviso de que um dos alvos do mandado de prisão estava sentado calmamente ali em frente. Mas nada foi feito.

As cartas judiciais ficaram sobre a mesa de Spósito, enquanto ele exigia mais documentos para substanciar os papéis. Dias depois, Chico veio a descobrir que Mauro Spósito era amigo de Alvarino Alves.

Finalmente, depois de 16 dias, e assim mesmo por insistência do juiz designado para Xapuri, Spósito liberou o mandado. Mas quando a PM chegou à casa de Darly, que se vangloriava de ter amigos na Polícia Federal, os dois irmãos já estavam longe.

No final de outubro, ficava óbvio que Chico estava em grandes apuros. Quase nada se fazia em relação aos Alves, e o delegado de Xapuri não estava disposto a conduzir uma busca intensiva de seu amigo. Chico Mendes parecia sentir

"Os trabalhadores, inconscientemente, fazem que nem uma pessoa que encontra um leão ferido, cura o leão e depois o leão os devora."

que seu tempo estava se esgotando. As pessoas não entendiam por que ele optava por permanecer em Xapuri. Alguns especulavam que ele ficara excessivamente confiante por causa da crescente atenção internacional; ele sempre dizia que isso havia prolongado a sua vida. Outros achavam que Chico Mendes tinha muito do "macho" brasileiro, o que o fazia ficar em Xapuri e lutar, mesmo que as chances estivessem contra ele.

Segundo Irmã Zélia, diretora do hospital de Xapuri, e uma das melhores amigas de Chico Mendes, ele havia renunciado totalmente a sua vida pessoal para lutar pelos seringueiros. "Todos os dias nós estávamos esperando pela morte de Chico. Às vezes ele dormia na casa de um amigo ou no seringal para despistar. Mas sempre havia jagunços encarando, vigiando, seguindo. Então, a gente estava sempre com medo."

Para Irmã Zélia, que também achava melhor Chico sair de Xapuri, por uns tempos, até as coisas esfriarem, ele confessou um dia: "Eu seria um covarde se fizesse isso. Meu sangue é o mesmo sangue dessas pessoas que sofrem aqui. Eu não posso fugir. Há algo dentro de mim que não me deixa sair daqui. E é esse o lugar onde vou terminar a minha missão".

Enquanto Chico se abria com a Irmã Zélia, para outros ele continuava repetindo: "Os seringueiros precisam ficar unidos de forma que a morte de uma pessoa não mate a força viva de sua luta. Depois da morte, nós somos inúteis. As pessoas vivas realizam coisas; os cadáveres não".

A tensão alcançou um novo pico no dia das eleições. A cidade estava cheia de soldados e tropas com pesadas metralhadoras. O candidato do PT para prefeito de Xapuri, o ex-padre Gílson Pescador, perdeu para o candidato do PMDB. Mas, em outros lugares do Brasil, o PT obteve as suas primeiras grandes vitórias, ganhando as prefeituras de 31 cidades, inclusive a de São Paulo. E Lula, o líder do partido, foi considerado um forte candidato à corrida presidencial de 1989. Ironicamente, as vitórias do PT aumentaram o perigo de Chico Mendes. Após as eleições, a classe dominante do Acre passou a considerá-lo ainda mais ameaçador.

No final de novembro, Chico Mendes envia a seguinte carta ao superintendente da Polícia Federal no Acre, Mauro Spósito:

> "Venho, pela presente, expressar-lhe a nossa preocupação com relação aos últimos acontecimentos relacionados aos pistoleiros Darly e Alvarino Alves, ambos proprietários da fazeda Paraná, em Xapuri.
>
> Como é do conhecimento de V.Sas., desde o mês de setembro do corrente ano foi expedida, pelo Exmo. Sr. Juiz de Direito da Comarca de Umuarama-PR, um mandado de prisão para os referidos pistoleiros e o mandado foi encaminhado para sua mão para que fosse cumprido imediatamente. Depois de alguns dias de atraso, o Juiz da Comarca de Xapuri recebe o mandado de prisão e, na mesma hora, manda executá-lo.
>
> A Polícia Militar de Xapuri, atendendo ordem do juiz, deslocou-se imediatamente para a fazenda Paraná a fim de cumprir a ordem e, para surpresa da PM, ao cercarem a residência dos pistoleiros, os mesmos já estavam foragidos, ou seja, tinham sido avisados com antecedência. Na ocasião,

houve muita especulação sobre quem devia ter avisado os pistoleiros. E, para a surpresa minha e de todos os companheiros, tivemos a informação de que o Sr. foi o autor do aviso, ou seja, de todas as dicas para que os mesmos se livrassem da prisão. As informações partem dos próprios pistoleiros e de seus filhos, que se orgulham em dizer que seus pais têm muitos amigos, inclusive na Polícia Federal, que os colocam a par de tudo.

Nós, apesar de sermos muitas vezes acusados e caluniados de agitadores, de criarmos a baderna, nunca pautamos pela violência e nunca uma gota de sangue foi derramada sob nossa responsabilidade. Enquanto isso, o Sr. é sabedor de que hoje sou obrigado a andar com dois guardas de segurança porque Darly e Alvarino já disseram que só se entregarão à Justiça depois de verem meu cadáver. Seus jagunços andam à vontade por todos os lugares espalhando a intimidação e quando, em Xapuri, a PM prende qualquer um dos pistoleiros, a Polícia Civil solta imediatamente por ordem do delegado e do prefeito da cidade.

Não podemos ficar calados diante de uma situação dessa natureza. Não é possível ficar calado diante de tanta injustiça. Nunca foi costume nosso criar atritos com quem quer que seja. Mas agora não dá para ficar em silêncio. São vidas que estão em jogo. São dezenas de vidas que já foram ceifadas brutal e covardemente.

Essa carta é no sentido de se tentar esclarecer o que está por trás de tudo isso. O que significa Darly e Alvarino ficarem muitos dias em Brasiléia muita gente deve saber, menos as autoridades de segurança daquele município. Como fica o conceito da PF e da Secretaria de Segurança diante de tudo isso?

Aqui encerro esta humilde carta, mas que expressa a minha preocupação por tudo que vem acontecendo além das informações surpreendentes.

Atenciosamente, Francisco Alves Mendes Filho,

Presidente do Sindicato dos Trabalhadores Rurais de Xapuri e membro do Conselho Nacional dos Seringueiros."

Numa carta publicada em *A Gazeta*, de Rio Branco, Spósito nega ter facilitado a fuga dos pistoleiros, e lança uma das mais infamantes acusações ao líder seringueiro: a de colaborador da Polícia Federal.

"Quanto ao Sr. Francisco Alves Mendes Filho, foi COLABORADOR desta regional desde o ano de 1980, prestando informações acerca da área rural, tendo inclusive fornecido dados que possibilitaram identificar organizações clandestinas acobertadas por siglas político-partidárias."

Para comprovar sua acusação Spósito juntava, a sua, a carta de um militante de codinome *Vítor*, do Partido Revolucionário Comunista, condenando a atitude de Chico de "delação de um companheiro que veio na vontade de nos ajudar". *Vítor* seria o economista Reginaldo de Castela que, como professor do Projeto Seringueiro, aliou-se a um ativista de esquerda uruguaio, que fora tentar organizar no Acre um movimento de guerrilha junto aos seringueiros. Quando descobriu o plano, que parecia mais uma provocação, Chico botou a boca no mundo: avisou a direção do PT, a Igreja, entidades e — temendo como temia as aventuras militantes — é possível que tenha avisado até a Polícia Federal.

Em sua defesa das acusações do delegado Spósito, Chico avisou que ia entrar com uma interpelação judicial por calúnia e difamação e chamou a atenção para o que era importante: "Spósito tem que desmentir, se for o caso, os pistoleiros que afirmam para quem quiser ouvir que são amigos dele e seus protegidos."

No dia 5 de dezembro, 17 dias antes do crime, o diretor-geral da Polícia Civil do Acre, delegado Cézar Pontes, emitiu um porte de arma em favor de Oloci Alves, filho de Darly, já figurando nos jornais desde o começo do ano como envolvido em crimes contra os seringueiros.

Nesse mesmo dia, Chico enviou telegramas e telex para diversas autoridades, desde a Justiça Estadual e Federal até ao presidente José Sarney — mas ninguém parecia ouvi-lo. Ele recebeu apenas um resposta, um bilhete educado do diretor-geral da Polícia Federal, Romeu Tuma.

Na edição do dia seguinte, 6 de dezembro, de *O Rio Branco*, foram publicadas duas pequenas notas anônimas, em jornalismo clássico, estilo amazônico. A primeira dizia:

"Chico Mendes é realmente um homem corajoso ao tentar sujar a imagem da Polícia Federal e agora, cuidadosamente, querer se desculpar. A verdade: um homem que tem rabo de palha não deveria chegar muito perto do fogo." Na segunda nota lia-se: "Logo, uma bomba de 200 megatons explodirá em Xapuri e haverá repercussões nacionais. Pessoas importantes podem se machucar quando isso acontecer. Espere e veja, porque a fonte dessa informação é confiável."

No dia 15 de dezembro, Ilzamar e seus amigos preparavam uma festa de aniversário para comemorar os 44 anos de Chico Mendes. Como presente, ele recebeu uma toalha azul estampada com um arco-íris e notas musicais. Darci apareceu rapidamente entre a multidão da festa, e saiu sem causar problemas. Mas foi o suficiente para desfazer o clima de comemoração. Ainda naquela noite, Chico diria: "Acho que não vou viver até o Natal".

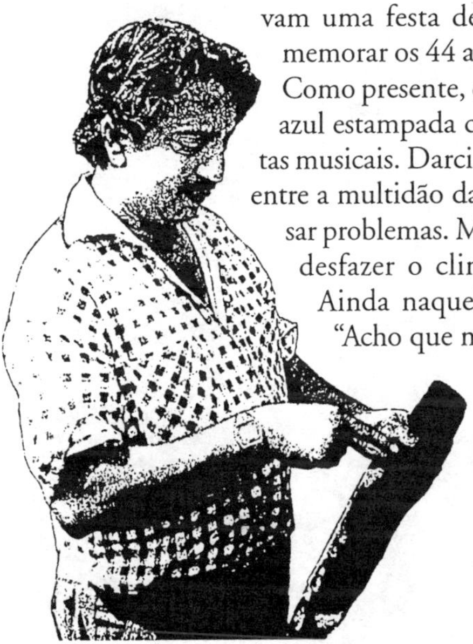

Chico Mendes aprendeu a escrever aos 24 anos e
só vestiu um terno aos 40.

CHICO MENDES
Cronologia

Tempo de Chico Mendes

1944 — Em 15 de dezembro, nasce Francisco "Chico" Alves Mendes Filho, no seringal Porto Rico, em Xapuri, Estado do Acre.

1953 — Com 9 anos, começa a acompanhar seu pai nas *estradas* de seringa. À noite, o pai Francisco ensina o filho Chico a ler e a escrever.

1955 — Chico já consegue ler um jornal com fluência. A família muda-se para o seringal Equador, perto de Cachoeira. Chico começa a trabalhar como seringueiro em tempo integral.

1956 — Chico conhece o guerrilheiro Euclides Fernandes Távora, que iria influenciá-lo profundamente. Durante os fins de semana, Chico aprende com ele o vocabulário de socialismo e comunismo que o prepararia para a chegada do movimento sindical no Acre.

1961 — Chico perde a mãe, uma irmã e o irmão mais

velho. Interrompe por um ano suas aulas com Távora e passa a trabalhar horas extras na extração da borracha.

1964 — Acompanha o golpe através de um rádio trazido por Távora; ouve os noticiários em português da BBC de Londres, Voz da América e Central de Moscou.

1965 — Vê seu mestre Távora pela última vez. Chico começa um trabalho de conscientização dos seringueiros, organizando grupos de alfabetização e mostrando a eles que era possível quebrar o esquema dos seringalistas — primeiro, vendendo seu produto a algum marreteiro que pagasse melhor pela borracha produzida; segundo, não pagando mais o aluguel pelo uso das *estradas*.

1966 — Chico envia cartas ao presidente Castelo Branco, descrevendo o sofrimento dos seringueiros, e mostrando como o analfabetismo permitia aos patrões roubar nas contas no final do mês.

1969 — Em 7 de fevereiro, casa-se com Maria Eunice Feitosa, na clareira central do seringal Cachoeira. Chico lidera a primeira vitória contra os seringalistas — o sistema de pagamento de aluguel pelo uso das *estradas* é abolido.

Nasce a primeira filha, Ângela.

1971 — O casal se separa quando Eunice está grávida de sete meses. Chico não chega a conhecer sua segunda filha Roseângela, que morre aos 11 meses. Ângela é adotada pela irmã de Eunice.

1972 — Chico começa a dar aulas para adultos em Xapuri; nos tempos livres, extrai a borracha para outros seringueiros.

"Fui me afinando mais com o movimento sindical. Achei que a bandeira mais eficiente pra eu atuar era o movimento sindical."

1973 — Conhece Ilzamar Gadelha Bezerra no seringal Santa Fé. Chico estava com 29 anos; Ilzamar, 9.

1975 — Chico se inscreve no curso de João Maia, delegado da Confederação dos Trabalhadores Rurais (Contag), fundada em 1968; assiste a aulas sobre direitos da terra e organização de sindicatos.

Inicia sua vida de líder sindical com a fundação do Sindicato dos Trabalhadores Rurais de Brasiléia; Chico é escolhido para ser secretário-geral.

1976 — Participa de *empates* contra o desmatamento provocado pelo projeto de colonização do Acre.

1977 — Eleito vereador pelo MDB em Xapuri. Participa da fundação do Sindicato dos Trabalhadores Rurais em Xapuri.

1979 — Milita por um breve período no PCdoB.

1980 — Chico é processado conforme a Lei de Segurança Nacional (LSN), sob a acusação de incitar seringueiros à violência. É preso pela Polícia Federal e submetido a interrogatórios sobre suas ligações comunistas.

Torna-se um dos fundadores e dirigentes do PT no Acre.

1981 — Chico Mendes assume a direção do Sindicato dos Trabalhadores Rurais de Xapuri.

Fica pronto o Projeto Seringueiro, que incorpora escolas e uma cooperativa em Xapuri. A primeira escola é estabelecida no seringal Nazaré, área do conflito entre seringueiros e fazendeiros.

1982 — Chico candidata-se a deputado estadual pelo PT, mas não consegue se eleger.

1983 — Em abril, casa-se com Ilzamar, no Fórum de Brasiléia.

1984 — Nasce a filha Elenira.

1985 — Chico lidera *empates* — com sucesso — contra dois poderosos pecuaristas: Geraldo Bordon, dono dos frigoríficos Bordon, e Rubens Andrade de Carvalho, o "rei do Nelore", que acabam desistindo de suas terras no Acre.

Em outubro, participa do 1º Encontro Nacional dos Seringueiros. O Conselho Nacional dos Seringueiros (CSN) é criado, e Chico Mendes torna-se sua principal referência.

No 2º Encontro Nacional dos Seringueiros, marcado para março de 1989, ele deveria assumir a presidência do CSN.

Candidata-se à prefeitura de Xapuri pelo PT, mas não é eleito.

1986 — Em agosto, nasce Sandino; Chico não tem condições de pagar a conta do hospital.

Em novembro, Chico concorre a uma cadeira no legislativo do Acre, pelo PT, e não se elege.

1987 — Inicia-se a carreira internacional de Chico Mendes. No início do ano, recebe a visita de membros da ONU, em Xapuri.

Março — Viaja a Miami para denunciar, no Encontro Anual do Banco Interamericano de Desenvolvimento (BID), a devastação da floresta amazônica e a expulsão dos seringueiros causadas por projetos financiados por bancos multilaterais. Em Washington, encontra-se com o senador americano Robert Kasten Jr. Trinta dias depois, os financiamentos para o projeto de pavimentação da BR-364 são suspensos, e Chico é acusado por fazendeiros e políticos no Acre de prejudicar o "progresso" do Estado.

Julho — Recebe, em Londres, o prêmio Global 500 concedido pela Unep (United Nations Environment Program), da Organização das Nações Unidas, em reconhecimento à sua luta pela defesa da floresta amazônica.

Setembro — É homenageado, em Nova York, com a medalha ambiental da Better World Society, da cadeia norte-americana de televisão CNN. Em Washington, reúne-se novamente com representantes do BID e o Comitê do Meio Ambiente do Senado americano.

1988 — Chico participa da realização de um grande sonho: a implantação das primeiras reservas extrativistas no Acre.

Fevereiro — É criada a primeira "reserva extrativista", no seringal São Luís de Remanso. A nova designação significava que a área não poderia ser derrubada e deveria somente ser usada para a extração da borracha, castanha e afins.

Março — O governo desapropria o seringal Cachoeira, que estava nas mãos de Darly Alves da Silva, e o declara reserva extrativista. A partir daí, agravam-se as ameaças de morte contra Chico Mendes.

Maio — Chico Mendes passa a ter proteção de dois policiais militares, designados pelo governo do Acre.

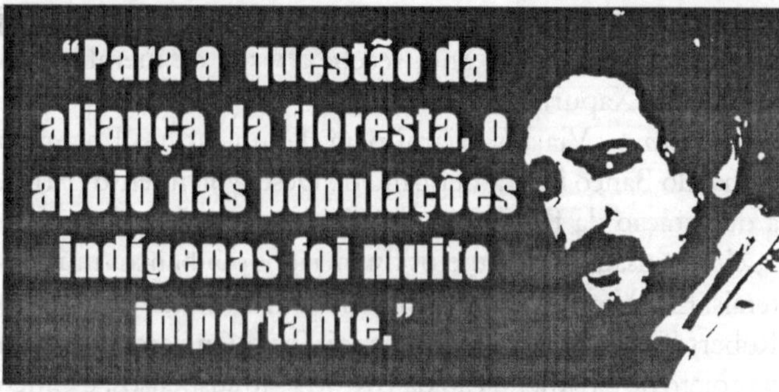

Junho — Chico viaja ao Rio de Janeiro para uma série de entrevistas, palestras e debates.

Setembro — No 3º Congresso Nacional da CUT, Chico Mendes defende a tese apresentada pelo sindicato de Xapuri, "Em Defesa dos Povos da Floresta". Ao final do Congresso, é eleito suplente da direção nacional da CUT.

Em Curitiba, participa da primeira grande conferência sobre reservas extrativistas. Chico descobre que existem processos judiciais contra a família de Darly Alves, acusados de homicídios em Umuarama-PR.

Outubro — Chico Mendes recebe o título de "Cidadão Honorário do Estado do Rio de Janeiro".

No dia 19, o juiz de Xapuri emite mandado de prisão contra Darly e Alvarino Alves, mas estes já estão foragidos.

Novembro — Chico envia uma carta ao delegado da PF no Acre e ao governador do Estado, dando pistas bem precisas sobre reuniões de fazendeiros para tramar sua morte. Não recebe qualquer resposta e nenhuma providência é tomada.

Dezembro — Dezessete dias antes do crime, Chico envia telex para Romeu Tuma, para Paulo Brossard, então ministro da Justiça, e para o presidente José Sarney. A mesma tecla: elementos ligados à UDR estavam tramando a eliminação do líder seringueiro. Igual silêncio.

No dia 15, seringueiros e amigos preparam uma festa para comemorar o aniversário de Chico Mendes.

No dia 22, Chico Mendes é morto com um tiro no peito, na porta de sua casa, em Xapuri.

1990 — *12 de dezembro*: tem início, em Xapuri, o julgamento de Darly Alves da Silva e Darci Alves Pereira (pai e filho), acusados de serem mandante e executor, respectivamente, do assassinato de Chico Mendes.

Uma hora após o início do julgamento, Darci afirma que matou Chico Mendes, uma confissão planejada pelos advogados de defesa com o intuito de inocentar o provável mandante, seu pai Darly.

Após três dias de julgamento, no dia 15 de dezembro, acontece o depoimento de Genésio Ferreira da Silva, a principal testemunha de acusação. O garoto, de apenas 15 anos, trabalhou para Darly e viveu sete anos na fazenda Paraná, durante os quais presenciou sete crimes bárbaros que teriam sido cometidos por Darly, seus filhos Darci e Oloci e os três irmãos "mineirinhos" — Serginho, Amadeus e Francisco. Além da descrição minuciosa desses crimes, Genésio relatou com detalhes a preparação e a comemoração da morte de Chico Mendes.

Terminado o julgamento, Darly e Darci são condenados a 19 anos de prisão pelo assassinato de Francisco Alves Mendes Filho.

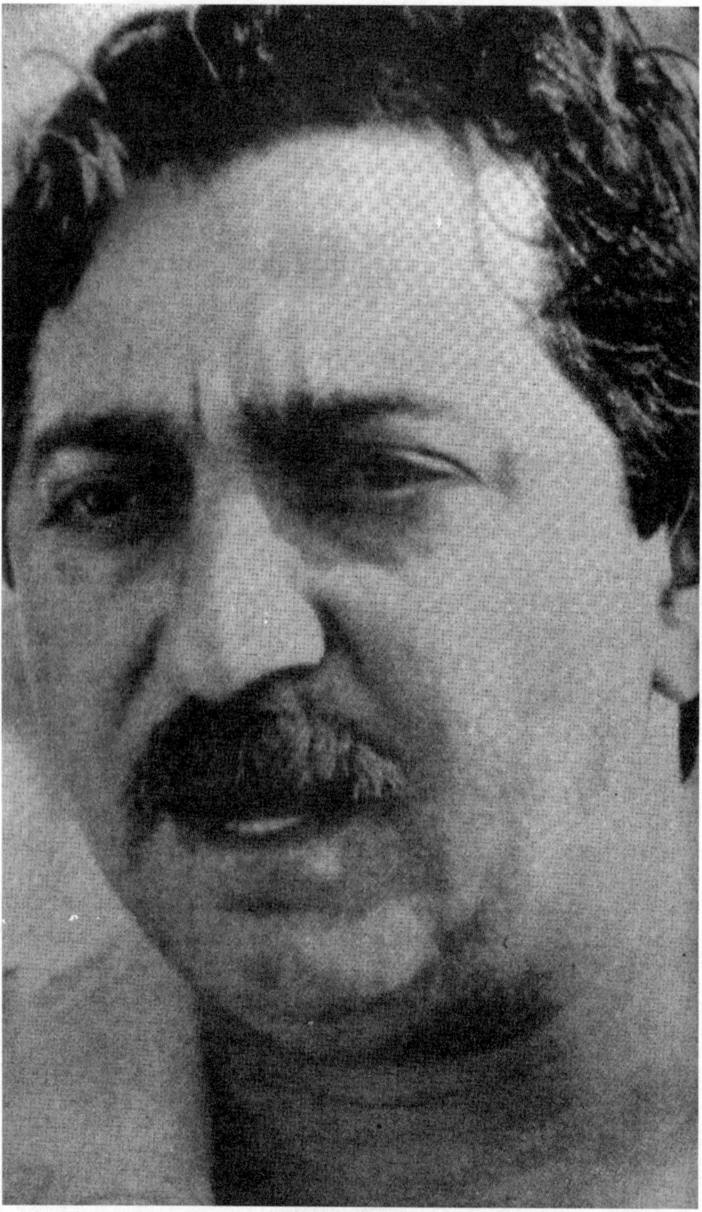

Seringueiro desde criança, Chico dedicou toda sua vida à defesa dos trabalhadores e povos da floresta amazônica.

Testamento político

O depoimento a seguir faz parte da mais completa entrevista de Chico Mendes. Ela foi concedida nos meses de novembro e dezembro de 1988, em Xapuri, ao prof. Pedro Vicente Sobrinho, da Universidade Federal do Acre, e organizada pelo sociólogo Cândido Grzybowski no livro O testamento do homem da floresta, Chico Mendes por ele mesmo.

No texto, manteve-se a fala de Chico. Trata-se de um relato vivo, palpitante, de alguém que amava a vida, os seus companheiros, o meio em que vivia.

O assassinato de Chico Mendes, em 22 de dezembro de 1988, transformou seu depoimento em uma espécie de testamento político.

Chico Mendes e os partidos

O Conselho Nacional dos Seringueiros, pra poder se fortalecer, precisa ter uma posição suprapartidária. Ele não pode ser um partido único, mas tem que contar com o apoio de vários partidos comprometidos com a luta dos trabalhadores.

Agora, infelizmente, nós temos companheiros candidatos só pelo Partido dos Trabalhadores. O PT tem sido o único partido, com todos os seus problemas, que tem dado maior cobertura, maior apoio à luta dos seringueiros. Nós temos simpatia por outros partidos de esquerda. Infelizmente, vivemos numa realidade muito séria nesse País que é a questão do preconceito. No trabalho junto com a Igreja, nós enfrentamos um preconceito muito grande. Muitas vezes, eu acho, a gente poderia estar mais junto, não só com o PT, mas dando apoio, quem sabe, a outros partidos que têm uma tradição histórica de luta. Mas vem por trás a questão do preconceito, que dificulta muito.

Eu, pessoalmente, tenho minha posição. Acho que o Conselho, pelo menos até o momento, tem que ter uma posição suprapartidária, aceitar aliados, desde que sejam comprometidos com a luta, seja do PT, seja do PCB, seja do PCdoB, seja do PV, ou até mesmo do PDT, do PSB. Nós sabemos que o PFL, do PMDB e do PDS o apoio é muito difícil e será melhor evitar o relacionamento. Agora, eu não conheço ainda bem o PSDB, ainda desconfio muito, assim, da origem desse partido, não sei, mas...

Com outras tendências, mais de esquerda, é importante nossa aproximação. No Rio de Janeiro, por exemplo, quando cheguei lá, para ser criado um núcleo de apoio para os povos da floresta amazônica, fui aconselhado por alguns companheiros de esquerda para ter cuidado, para não entrar no território de outros partidos. Quando cheguei ao Rio de Janeiro, havia uma briga do PT e o PV no sentido de me cooptar pra ser usado como bandeira. Não entrei no jogo e findei realizando uma palestra, num debate da ABI, juntando PV, PT, PSB, PCB, e outras pessoas independentes, todo mundo junto no movimento de apoio ao núcleo, de apoio aos povos da floresta. Isto foi muito interessante. Aí, fiz o seguinte: visitei políticos do PT, do PCB, visitei o Milani — tive uma conversa com ele — visitei o pessoal do PV, o pessoal do PSB, o

Saturnino Braga, que me recebeu muito bem. Isto tudo foi interessante porque fortaleceu o movimento.

Iniciação política no meio da floresta

A minha vida começou igual a todos os outros seringueiros: escravo submetido às ordens do patrão. Com 9 anos de idade, aprendi a sangrar a seringueira. Durante muitos anos, desde o século passado até 1970, pelo que eu sei, em nenhum seringal da Amazônia era permitido criar escola. Os patrões seringalistas não deixavam. Primeiro, porque, se o filho do seringueiro fosse pra escola, ele ia começar a aprender a ler, a escrever e a contar e ia descobrir a exploração que estava sendo feita. Isto não interessava para o patrão. Depois, isto influía na produção. No lugar do filho do seringueiro ir para a escola, ele tinha que ir pra seringa pra poder fazer mais borracha e aumentar a produção do seringal. Por isto, durante longos anos, a grande maioria, por quase todo lado, não sabia ler nem escrever. O seringueiro trabalhava o ano todo achando que no final do ano lucraria alguma coisa, mas sempre estava devendo. Como ele não sabia contar, não sabia fazer contas, o patrão o enrolava de qualquer maneira.

Hoje, porém, um momento que teve alguma coisa diferente pra mim. Não sei se eu acertei numa loteria; o fato é que, de repente, no seringal em que nós morávamos, uma tarde chegou uma pessoa diferente dos outros seringueiros; um trabalhador, um seringueiro, mas com um aspecto totalmente diferente e com um linguajar totalmente diferente dos outros companheiros. Aquela pessoa, por coincidência, passou em nossa casa um dia em que nós tínhamos chegado da estrada da seringa, e estávamos defumando o leite. Ele começou a conversar com a gente. Eu comecei a me interessar pelo modo de falar dele, pela forma com que ele se expressava. Ele trazia alguns jornais; me interessei por aquilo. Parece que ele percebeu este meu interesse. De modo que, a partir desta conversa dele com meu pai e comigo, ficou acertado que a gente visitaria o seu barraco.

Um dia, a gente fez uma primeira viagem ao seu barraco. Pra ir à casa dele, se caminhava três horas pela picada na selva, pelo varadouro. Ele morava sozinho num barraco e demonstrou interesse em me ensinar a ler. Houve um acordo entre ele e meu pai pra que eu fosse liberado aos sábados e domingos para ficar na sua casa durante algum tempo. Todo sábado eu saía à tarde, caminhava aquelas três horas pela selva, ia pro barraco dele. Ele começava a desenvolver uma espécie de discussão em cima de leitura de um jornal, de uma coluna política do jornal. Jornais que ele recebia com atraso de um mês, dois meses. Durante vários meses, este processo foi se dando e eu, de repente, aprendi a ler e a escrever. Meu pai entendia um pouco também, o que me ajudou. Ele lia um pouco e escrevia, mas não tinha muito tempo de me ensinar.

Depois de um ano, mais ou menos, é que ele começou a se identificar, começou a contar a sua história pra mim. Uma noite, ele se identificou como militar, foi tenente do Exército em 1935. Ele, juntamente com vários outros colegas de farda, fizeram uma opção pelo movimento que o Luiz Carlos Prestes liderou no Brasil naquela época. Com a derrota de Prestes, vários foram presos. Ele e outros companheiros foram presos na ilha de Fernando de Noronha.

Por causa da influência de seu tio Juarez Távora, ele conseguiu fugir da ilha de Fernando de Noronha, num barco, e veio pra Belém. Nessa época, ele participou de um movimento que tinha influência do major Barata, no Estado do Pará. Nesse movimento, mais uma vez, ele vai preso. Conseguiu fugir, e de lá foi para a Bolívia. Na Bolívia, durante muito tempo, na década de 50, ele participou principalmente de movimentos de resistência dos operários bolivianos, dos mineiros, e ingressou em todos os movimentos de

oposição. Houve, então, grande repressão na Bolívia e ele foi um dos atingidos. Antes de ser preso, ele conseguiu fugir e se embrenhou na selva. Atravessou a selva boliviana, por dentro dos seringais, e veio ter na fronteira do Brasil.

Como ele achava que a sua situação estava já muito complicada, resolveu fazer uma opção pela vida no seringal, pra convivência junto ao seringueiro, e daí ficou onde ele morava. Não era tão distante da fronteira da Bolívia, com umas duas horas de caminhada você estava na fronteira da Bolívia. Fez essa opção, aprendeu a cortar seringa.

Depois de um ano, ele falou o seu nome. Era Euclides Fernandes Távora. O pai dele se chamava Joaquim Távora e todos os filhos tinham nascido no Crato, Ceará. Tinha um outro parente dele, d. José Távora, que era bispo. Todo um pessoal muito influente. Mas ele achava que jamais voltaria ao seio de sua família, porque se voltasse teria que fazer de um fuzil o travesseiro.(...)

Em 1965, ele me recomendava muito sobre o processo de organização do movimento sindical do país. (...) Ele dizia: "olhe, onde você vai firmar é na organização dos primeiros sindicatos que forem criados nesta região. Você tem que entrar num sindicato para estabelecer suas bases, criar raízes e espalhar sua semente, sua ideologia, pra fortalecer o movimento (...)". É, eu acho que foi isso uma das melhores ajudas e uma das razões pelas quais eu julgo que hoje estou em toda essa luta. Outros companheiros, infelizmente, naquela época, não tiveram privilégio de receber uma orientação tão importante como a que recebi para o futuro.

Organizando o movimento sindical no Acre

Em 1968, eu tentei fazer um trabalho na luta pela autonomia dos seringueiros e enfrentei muitos problemas. Como era uma luta um pouco isolada, não tinha respaldo; era um círculo fechado no momento de ditadura. Então, eu encontrava muita dificuldade, até mesmo para conseguir despertar a consciência dos meus companheiros. Só em 1975, no momento em que a repressão do latifúndio estava dominando toda essa região, surgiram os primeiros sindicatos, liderados pela Confederação Nacional dos Trabalhadores na Agricultura, a Contag, com acompanhamento do Ministério do Trabalho. O primeiro que eu ouvi falar ia ser fundado no município de Brasiléia. Naquele momento, me recordei muito das lições passadas e o meu primeiro passo foi seguir pra lá, mesmo sem ser convidado. Eu cheguei lá, fui aceito e participei do curso de sindicalismo que traria a fundação do sindicato. Tive bastante sucesso. Como já tinha uma experiência aprendida dez anos antes, não tive problema de me colocar dentro das discussões que se levantavam naquele momento. Só que já tive condições de descobrir que as orientações que levaram à fundação daquele sindicato eram ainda de uma tendência muito cautelosa, muito conservadora. Dava pra você perceber que eram orientações muito ligadas ao sistema, orientação muito de conciliação. Era defesa do seringueiro, mas ficava entre uma coisa e outra, uma bananosa. Isto eu descobri logo, e cresceu mais a minha vontade de penetrar naquele movimento. Foi assim que eu ingressei no sindicato de Brasiléia, em 1975, e em março de 1976 participei diretamente do primeiro momento de resistência dos seringueiros desta região e, quando o sindicato foi fundado, foram eleitos Elias Roseno como presidente, Raimundo Maranhão, tesoureiro, e eu, Chico Mendes, secretário. Éramos os três. Como os sindicatos surgiam sem condições financeiras, a gente fazia revezamento. Eu ficava uma, duas, três semanas atuando na sede, enquanto os outros companheiros trabalhavam.

Depois eles vinham, eu saía um pouco. Alguns companheiros de Xapuri, ligados àqueles seringais vizinhos de Brasiléia, quando souberam que eu estava na direção do sindicato de Brasiléia, correram pra se filiar. Mas aqui em Xapuri era uma outra jurisdição. Então, me empenhei em vir pra cá, pra começar a atuar nas bases e fortalecer o movimento aqui, pra possível criação do sindicato.

Foram difíceis os primeiros passos porque havia uma diferença. Em Brasiléia, naquela época, a Igreja era liderada pelo bispo d. Giocondo, da prelazia do Acre-Purus. Ela começou a fazer uma opção em favor do seringueiro ameaçado. Em Brasiléia, a Igreja abriu suas portas para o sindicato, de modo que os cursos, o treinamento, a fundação do sindicato foram feitos dentro das dependências da Igreja. Aqui em Xapuri, a coisa foi diferente. Foi a primeira vez que eu, inclusive, recebi intimação da Polícia Civil. Isto foi originado em uma denúncia feita, na época, pelo padre local, que era totalmente contra qualquer tipo de mobilização dos trabalhadores e totalmente comprometido com a política do latifúndio. Este padre, além de padre era um agente secreto do SNI. Chamava-se pe. José Carneiro de Lima.

Foi um pouco difícil enraizar o movimento aqui, mas com muito esforço, sacrifício, foi se enraizando. A partir de 1978, quando eu já estava em Xapuri, o Wilson Pinheiro assumiu a direção do sindicato em Brasiléia. O movimento se fortaleceu muito mais porque Wilson Pinheiro era um companheiro de uma capacidade muito grande, de coragem.

Vereador pelo MDB, militante do PCdoB, candidato pelo PT

Na época em que eu era diretor do sindicato em Brasiléia, e sentia a necessidade de organizar o sindicato aqui em Xapuri, havia dois partidos da ditadura — a Arena e o MDB. O MDB era tido como o partido de oposição ao sistema, mesmo sendo criado pela ditadura.

Eu fui convidado pra preencher uma vaga de candidato a vereador do Xapuri, porque o partido precisava de um número mínimo de candidatos para poder concorrer à eleição. Eu aceitei só pra preencher a vaga. Consultei os companheiros de Brasiléia, que ficaram preocupados, pois achavam que aquele não era o momento. Mas eu tinha o direito de vir porque tinha uma função aqui, a de organizar o sindicato. Então, houve consenso. Por isto me desloquei pra cá e aceitei ser cadidato pelo MDB a vereador. Só que eu aceitei pensando que o meu nome era simplesmente pra preencher uma vaga para o partido político concorrer. Eu não tinha recurso nenhum, não tinha nenhuma experiência de política partidária. Eu era um eleitor de oposição, tinha uma convicção de oposição ao sistema, mas não entendia do processo político-partidário. Mesmo assim, aceitei. Fui eleito. Isto me deixou numa situação muito difícil, porque eu não tinha experiência nenhuma nesse ramo, a experiência que eu estava desenvolvendo era questão sindical, a luta sindical. Aí, eu tive que juntar as duas coisas pra poder tocar o trabalho.

O partido pelo qual eu fui eleito, o MDB, elegeu três vereadores e o partido dominante elegeu quatro, ficou com a maioria. Eu sabia de antemão que ia enfrentar uma barra muito pesada, porque sabia que aquelas pessoas estavam do lado do latifúndio. Tinha uma esperança de que os meus dois outros companheiros de bancada pudessem seguir também uma linha política mais comprometida com os trabalhadores. Isto foi minha grande decepção. Além de ter dado os primeiros passos sem muita experiência, percebi que os companheiros não fechavam com a minha idéia de usar o mandato como instrumento de luta em favor dos seringueiros. Os meus primeiros trabalhos na Câmara foram com o objetivo voltado contra a expulsão dos seringueiros, o que não agradou aos companheiros de bancada, nem ao outro lado, do poder dominante. Também não agradou aos políticos maiores do próprio partido em que eu estava. Isto foi me deixando um pouco decepcionado, de forma que em 1977 eu quase fui cassado.

Participei ativamente da fundação do sindicato. Não pude ser diretor porque exercia um cargo político, mas trabalhei para eleger companheiros para a direção do sindicato. A partir desse momento, comecei a ter um certo apoio da Igreja local, que estava passando por um processo de transformação com a saída do padre reacionário.

Os anos de 1978 e 1979 foram muito difíceis, neste processo de ser vereador e ao mesmo tempo sindicalista. E ainda me colocaram uma imposição: eu não poderia ser sócio do sindicato, porque era vereador; tinha que exercer alguma atividade no campo para ser sócio. Eu aceitei e, então, na época da safra da castanha, eu ia colher castanha. Era época de recesso da Câmara e eu aproveitava pra ir cortar seringa ou colher castanha. Aí, o sindicato me aceitou como sócio e eu comecei a participar quase que diretamente das decisões do sindicato. A coisa ficou mais ampla, ficou melhor pra mim, mas tive que enfrentar uma briga contra os fazendeiros e uma briga contra os seis vereadores. Isto foi uma das experiências mais amargas por que passei, só que me ajudou a amadurecer muito e aprender muita coisa. Comecei, então, a descobrir como funciona a máquina político-partidária, o esquema tão trágico, tão ridículo, como funciona a coisa, como os trabalhadores são enrolados, e como servem de manobra pra fortalecer os políticos. Os trabalhadores, inconscientemente, fazem que nem uma pessoa que encontra um leão ferido, cura o leão e depois o leão os devora. Os trabalhadores fortalecem os políticos que defendem os inimigos deles. E muitos trabalhadores não descobriram isto.

O ano de 78 foi um momento difícil pra mim, porque eu enfrentava uma luta interna contra os companheiros de bancada e enfrentava uma outra luta contra o latifúndio. Ao mesmo tempo, comecei a ter um relacionamento com o outro lado, o dos intelectuais, do pessoal de outra formação, estudantes e professores universitários que participavam de outros movimentos de esquerda. Este pessoal começou a me cooptar e eu comecei a ter entrosamento também com este outro lado da história, com pessoas ligadas aos partidos clandestinos da época. Comecei a me entrosar e cheguei a participar, inclusive, de um movimento clandestino, o PCdoB, naquela época na clandestinidade. Comecei a me entrosar, e achei bonita a proposta das esquerdas. Então, comecei a descobrir que eu estava no partido errado. Mas, por uma questão de tática, tinha que seguir e usar aquele mandato como instrumento de luta, porque sem ele seria pior. Era a avaliação que se fazia.

Foi no final de 79 que surgiu o PT. A grande expectativa dos sindicalistas de São Paulo, e mesmo aqui no Acre, era a minha adesão ao Partido dos Trabalhadores. Aí, eu passei uma transição difícil porque o PCdoB considerava, naquele momento, traidor todo aquele que aderisse ao Partido dos Trabalhadores. Eu discordava de algumas posições do PCdoB, naquela época, porque quando a gente se articulava na luta contra o latifúndio, quando eu enfrentava a luta, os embates e a repressão caíam em cima de mim, eles se escondiam por detrás das cortinas. Só eu aparecia na história. Comecei a ficar meio bravo com aquilo, desconfiando daquilo. Rompi com o grupo do PCdoB e aderi ao Partido dos Trabalhadores.

Daí, comecei a minha militância política no Partido dos Trabalhadores. Como era um partido que vinha se afinando com o movimento sindical em uma série de coisas, eu ingressei. Só que também passei por experiência amarga, não pela orientação nacional do partido, mas por causa de vários grupos que também entraram no partido. Houve divergências internas das quais eu também fui vítima. Inclusive, em 1982, fui candidato pelo PT a deputado estadual e perdi. Também cheguei a enfrentar a oposição interna, porque alas com tendência mais à direita achavam que a minha candidatura representava um perigo dentro do partido, pois poderia levar o partido a uma posição muito radical e coisas dessa natureza. Pior ainda eram os setores da Igreja, tidos como progressistas naquele momento. Mas, tudo bem, eu avaliei que isso faz parte do processo da luta mesmo, e continuei.

Fui me afinando mais com o movimento sindical. Achei que a bandeira mais eficiente pra eu atuar era o movimento sindical. Isto me lembrou muito as lições aprendidas com Euclides Fernandes Távora, em 1965. Continuei na militância do Partido dos Trabalhadores mas, de 1981 em diante, em 1982, comecei a atuar como linha de frente na direção do Sindicato dos Trabalhadores Rurais de Xapuri.

Hesitante apoio da Igreja

O relacionamento com a Igreja tem sido considerável. Houve alguns choques, em certos momentos. Nós temos consciência de que a Igreja tem um papel importante, mas ela caminha até certo ponto, chega um momento em que ela não vai pra frente. Mas o espaço que ela dá é muito importante pra nós. Atualmente, esse relacionamento tem se fortalecido novamente. Apesar de alguns declives que houve, agora a coisa está se fortalecendo. A própria Comissão Pastoral da Terra começa a dar apoio, a ter uma presença mais atuante. Durante algum tempo, ela ficou um pouco vacilante com essa resistência dos seringueiros. Esse relacionamento com a Igreja é com a prelazia do Acre–Purus. Já o relacionamento com a prelazia do Vale do Juruá é outra coisa, porque lá é

Elenira e Sandino, os filhos mais novos de Chico Mendes.

uma Igreja conservadora; temos um relacionamento muito bom e importante com a Igreja de Caruari, outra região do Amazonas.

Eu acho que o espaço da Igreja, este relacionamento com a Igreja tem sido muito bom porque existe uma tradição histórica. A Igreja não pode fugir deste compromisso. A partir de 70, a Igreja assumiu um compromisso muito grande. Nós nos fortalecemos juntos nesta luta dos seringueiros. Então, ela também não pode mais fugir desse compromisso hoje.

Seringueiros criam sindicato de sua categoria

A idéia da criação do Conselho Nacional dos Seringueiros surgiu porque nós descobrimos que existe o Conselho Nacional da Borracha que é composto simplesmente por fazendeiros, industriais e que não existe nenhum seringueiro lá dentro. Então, por que nós não criamos uma entidade para se contrapor a toda essa burocracia? Foi consenso do 1º Encontro Nacional dos Seringueiros em Brasília, em outubro de 1985, a criação do Conselho Nacional dos Seringueiros, com uma comissão provisória.

O CNS não pretendia e nem pretende ser um sindicato paralelo, mas uma entidade de seringueiros, porque os seringueiros nunca foram reconhecidos como classe. Os sindicatos surgiram com uma importância muito grande, num momento muito importante. Mas os sindicatos dos trabalhadores rurais congregam seringueiros e ao mesmo tempo os agricultores, os peões, os trabalhadores de fazenda, os diaristas, qualquer que seja o trabalhador rural. As outras classes todas têm o seu reconhecimento como classe, o seringueiro não. Parece uma coisa que foi do passado e que não existia mais. Então, uma das razões do Conselho Nacional dos Seringueiros é fazer reconhecer o seringueiro como uma classe que já deu a sua contribuição, que luta e que tem uma luta importante, luta por um objetivo muito importante que é a defesa da Amazônia. Esta idéia pegou bem.

Reconciliação entre índios e seringueiros

Uma outra produção nossa era tentar uma aproximação com as lideranças indígenas, pra se unificar esse movimento, já que durante séculos os seringueiros e os índios viveram num confronto permanente. Juntos, chegamos à conclusão, através da direção do Conselho Nacional dos Seringueiros e das lideranças indígenas, que nenhum de nós foi culpado por esses confrontos. Culpados foram exatamente os grandes seringalistas, os banqueiros, enfim, os grandes interessados em nos explorar. Esta consciência começou a crescer rapidamente, e foi a partir de janeiro de 1986 que começou a se fortalecer o movimento de aliança dos povos da floresta, que hoje já está mais ou menos definido.

Hoje, a proposta é uma proposta conjunta de índios e seringueiros. É a luta, o movimento dos povos da floresta. Isto é muito interessante. Quando o Ministro da Agricultura viu chegar um grupo de índios e seringueiros no seu gabinete, ficou espantado: "Como pode acontecer? Os índios e os seringueiros brigam, brigam desde o século passado. Como é que chegam agora juntos?" Nós colocamos pra ele que hoje estamos entrando numa nova realidade e isso significa o fortalecimento da luta em defesa da Amazônia. Isso foi uma coisa que chamou a atenção.

Para a questão da aliança da floresta, o apoio das populações indígenas foi muito importante. Os contatos com os povos indígenas, este ano, têm tido um avanço considerável. Por exemplo, houve um Encontro Municipal de Seringueiros de Tarauacá que contou com a presença de 200 índios. Foi composta a comissão de seringueiros de Tarauacá com a participação de seis índios. Os índios começam a fazer parte das comissões de organização do Conselho Nacional dos Seringueiros. Em Cruzeiro do Sul, aproximadamente 200 índios também participaram ativamente do movimento e agora eles estão assumindo toda a proposta, a elaboração da proposta conjunta do Conselho dos Seringueiros e a União das Nações Indígenas. De modo que os índios, este ano, tiveram uma participação muito interessante, até nos *empates*. Aqui em Xapuri, eles mostraram a sua presença. Vieram, trouxeram a sua solidariedade, participaram.

Discurso ecológico do governo

Em princípio, houve momentos de avanço considerável do envolvimento do governo na questão ecológica, no Conselho Nacional dos Seringueiros, na luta dos seringueiros. Mas, em seguida, nós começamos a desconfiar e começamos a descobrir que o governo do Estado estava fazendo um discurso ecológico pra justificar a aprovação de seus projetos nos bancos internacionais ou junto às organizações internacionais.

Não dá pra se entender que o governo seja ecológico, que defenda a ecologia, que seja contra o desmatamento, e que ao mesmo tempo esse mesmo governo mande a polícia armada para proteger o desmatamento, como aconteceu no seringal Equador, numa área do maciço de castanhais e de seringueiras. O governador foi advertido várias vezes, inclusive por mim, pessoalmente. Cheguei a convidá-lo a ir verificar a área. Consegui dizer pra ele que ele estava se precipitando em tomar uma atitude. Foram desmatados cinqüenta hectares de floresta virgem. Graças à pressão internacional, através de dezenas de centenas de telegramas que o governador recebeu, foi que a gente conseguiu a retirada da polícia do local. Com isto, se evitou que mais de 300 hectares de floresta fossem desmatados. Naquela área desmatada, na safra passada, os seringueiros colheram 1.400 latas de castanha, uma grande produção. Desafiamos o fazendeiro daquela área e o próprio governador a computar a renda anual de um hectare de terra naquela área, comparando a renda de um hectare de área transformado em pasto com a renda de um hectare da mesma área virgem, com castanheiras, seringueiras e outras árvores. E eles não quiseram aceitar esse desafio porque nós iríamos provar que o lucro de um hectare de floresta daria vinte vezes mais valor anual do que os bois ali dentro.

Nós invocamos o decreto, a Lei 7.511, de 30 de julho de 86, e a portaria nº 486, de 28 de outubro de 1986, que proíbe o corte e a comercialização de castanheira e seringueira e, também, proíbem seriamente o desmatamento em vertentes. No seringal Equador havia duas vertentes dentro da área de derrubada. Mesmo assim, a legislação foi totalmente desrespeitada. Inclusive, após o segundo movimento de resistência, quando os seringueiros *empataram* aquela desmatação, o agente local do IBDF (Instituto Brasileiro de Desenvolvimento Florestal) foi lá e, sem fazer nenhuma fiscalização, de uma forma arbitrária, deu a licença para o fazendeiro desmatar, concedeu a licença sem nenhum plano de manejo. (...) Nós não temos mais confiança no governo. Não dá pra confiar num governador que se diz defensor da floresta e que manda a polícia garantir desmatamento. Se há pressão em cima dele é por que ele é o governador. Ele tem que usar seu poder de governo. Se ele usar o seu poder a favor dos trabalhadores, com certeza ele vai contar com o apoio dos trabalhadores. Mas em um governo que dá um discurso no Japão, que dá um discurso no Rio de Janeiro em defesa da floresta, mas aqui manda a polícia garantir desmatamento, não dá para confiar. Um governo que, inclusive, desrespeita, fere a legislação vigente no país.

Projeto Seringueiro

A partir de 82, começou o movimento de educação dos seringueiros, de educação de base, o movimento de organização de escola numa filosofia, assim, de educação popular, baseada na realidade vivida pelos trabalhadores. Este trabalho foi um trabalho lento, mas começou a contribuir muito para o despertar da consciência dos seringueiros. Esse é um trabalho que não podemos parar. É um trabalho de alfabetização popular que foi elaborado por pessoas ligadas a Paulo Freire e pelo pessoal do Cedi(Centro Ecumênico de Documentação e Informação). Foi exatamente a partir deste processo de preparação da educação, de alfabetização popular para o seringueiro, que o trabalho de consciência começou a se fortalecer muito mais.

Oposição ao movimento dos seringueiros

Os grandes latifundiários dizem que preservar a Amazônia é atrasar o progresso, é prejudicar a economia do País, que a borracha não representa quase nada pra nossa economia e que o progresso está na criação de bois. Existe também a pressão daqueles que acham que a Amazônia é um vazio imenso, que não tem ninguém, que ela precisa ser explorada.

Nós não estamos dizendo para o seringueiro que a Amazônia vai ficar intocável. Nós também temos uma proposta para produzir. Os seringueiros e os índios sempre produziram a sua cultura de subsistência, mas nunca ameaçaram a floresta amazônica. Quem ameaça a floresta amazônica são os grandes desmatamentos feitos pelos grandes fazendeiros para colocar o boi ou, muitas vezes, pra fortalecer a sua política de especulação de terras. O que se vê aqui, em Xapuri, sem falar em outra região da Amazônia, é que os caras, por exemplo, desmatam 10 mil hectares: em 5 mil hectares eles plantam capim

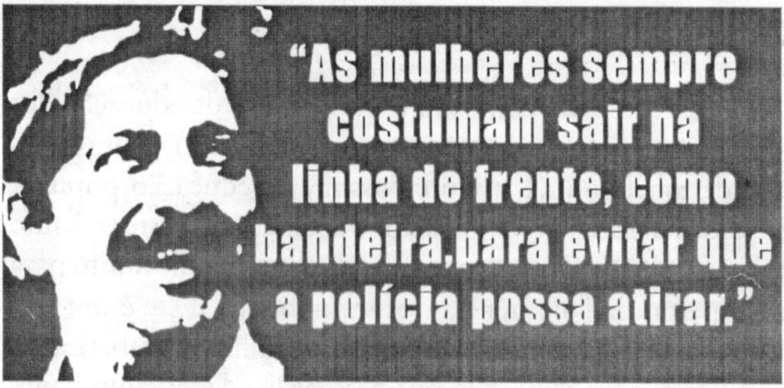

e os outros 5 mil hectares viram um capoeirão. O objetivo é fortalecer a política de especulação de terras.

Formas pacíficas de luta

Os empates são feitos através de grupos de resistência formados por seringueiros que se colocam diante das foices e das motosserras de maneira pacífica, mas organizada, numa área ameaçada pelo desmatamento dos fazendeiros. Tentam convencer os peões, que estão ali a serviço dos fazendeiros, a se retirarem da área. Muitas vezes, são atacados pelas forças de segurança, porque os fazendeiros sempre recorrem judicialmente, pedem o apoio policial.

O interessante é que o empate é composto de homens, mulheres e crianças. As mulheres sempre costumam sair na linha de frente, como bandeira, pra evitar que a polícia possa atirar. No momento que a polícia pensar em atirar na gente, ela vai ter que atirar primeiro numa criança ou numa companheira de um seringueiro.

Até o momento, nosso movimento é pacífico. Tentamos vencer e lutar com a não-violência. (...) Mas os fazendeiros usam da violência. (...) Não quero que morra alguém, (...)

porque acho que cadáver não resolve nada e porque eu sei que vai virar um inferno, sem dúvida alguma.

Violência para combater os seringueiros

As principais lideranças, não só eu, mas também outros companheiros, este ano foram bastante ameaçados, inclusive estão na lista negra do esquadrão de assassínio apoiado pela UDR. Aqui em Xapuri, quem comanda esse esquadrão é seu Darly Alves e seu Alvarino Alves, proprietários da fazenda Paraná. Este pessoal comanda, hoje, um grupo de aproximadamente 30pessoas. Nós estamos falando 30 porque nós tivemos a oportunidade de contá-las aqui na cidade, rondando pela cidade. Nalguns dias, você encontrava 23 pessoas juntas. Teve dia deles pararem o trânsito na cidade, com todo mundo desfilando no meio da rua. Os carros vinham e paravam; não podiam passar, tinham que respeitar. Só agora mudou, porque nós conseguimos no Estado do Paraná uma ordem de prisão, em Umuarama, contra os dois. Mas não sei quem, se a Polícia Federal ou quem, conseguiu avisá-los. O fato é que eles se encontram foragidos e com o argumento de que só se entregam depois de verem o meu cadáver.

Chico Mendes: a defesa da vida*

Francisco Alves Mendes Filho, seringueiro desde criança, dedicou praticamente toda a sua vida à defesa dos trabalhadores e povos da floresta. Participou da fundação dos Sindicatos dos Trabalhadores Rurais de Brasiléia e Xapuri, além da fundação do Partido dos Trabalhadores do Acre e do Conselho Nacional dos Seringueiros. Chico Mendes reuniu em sua luta o trabalho sindical, a defesa da floresta e a militância partidária. Chico Mendes teve o seu trabalho reconhecido internacionalmente, sendo várias vezes premiado, inclusive pela ONU, que o distinguiu como um dos mais importantes defensores da natureza no ano de 1987. Através de sua luta pela implantação das reservas extrativistas, Chico combinava a defesa da floresta com a reforma agrária reivindicada pelos seringueiros, contrariando grandes interesses, principalmente os dos latifundiários e da UDR. Em 22 de dezembro de 1988, Chico foi assassinado.

CUT — *Como surgiu essa proposta de aliança entre os povos da floresta?*

Chico — A aliança dos povos da floresta vem em função de uma história que começa a partir do desbravamento da Amazônia. Para você ter uma idéia, os índios eram os legítimos donos da Amazônia e quando, em 1877, começou o seu desbravamento houve uma espécie de tráfico de escravos para lá: eram nordestinos, cujos patrões — os grandes seringalistas do início do ciclo da borracha — aproveitavam-se de sua miséria, usando-os nesse desbravamento. Essas pessoas foram preparadas para lutar contra os índios, formando um exército de brancos preparados pelos seringalistas,

* Esta entrevista foi realizada durante o 3º Congresso Nacional da CUT, em 9 de setembro de 1988.

pelas empresas, grupos e banqueiros internacionais, como era o caso da Inglaterra e dos EUA, interessados na borracha da Amazônia. Começa então o conflito entre índios e brancos.

Nessa época, mais de 60 grupos tribais na Amazônia foram massacrados pela ganância dos patrões. E a cada grupo dizimado correspondia a formação de grandes áreas de seringais. Assim começa toda a história.

Essa história permaneceu na década de 70, quando o governo militar decidiu acabar com o monopólio estatal da borracha e e os seringalistas caíram na falência. A situação piorou muito para o seringueiro, que erá tido até então como uma espécie de escravo que tinha sua sobrevivência garantida. Após 1970, com a implantação do sistema latifundiário, com a política de especulação da terra, a situação mudou muito, iniciando-se então os grandes desmatamentos e a expulsão em massa.

De 1970 a 1975, chegaram os fazendeiros do sul que, com o apoio dos incentivos fiscais da Sudam, compraram mais de 6 milhões de hectares de terra, espalhando centenas de jagunços pela região, expulsando e matando posseiros e índios, queimando os seus barracos, matando, inclusive, mulheres e animais.

Naquele momento, todos viviam nas matas, ninguém tinha consciência de luta. Os filhos dos seringueiros não tinham o direito de ir à escola, pois aprenderiam a fazer contas e descobririam que estavam sendo roubados; então, os patrões não permitiam. Na minha região, em cinco anos foram expulsos mais de 10 mil famílias de seringueiros. Quatro mil delas tentaram a vida na cidade, aumentando o cinturão de miséria das cidades. O resto foi para a Bolívia tentar a vida nos seringais de lá, onde estão até hoje, numa situação difícil pois não são considerados nem brasileiros, nem bolivianos, vivendo na clandestinidade.

A partir de 1975, começa a nascer uma consciência, organizam-se os primeiros sindicatos rurais juntamente com um trabalho da Igreja Católica. Mas tudo ocorrendo muito lentamente até 1980, quando se generalizou por toda a região o movimento de resistência dos seringueiros para impedir os grandes desmatamentos. Foi criado o famoso "empate", forma que encontramos de, em mutirão, nos colocarmos diante dos peões, das motosserras, iniciando um trabalho no sentido de impedir os desmatamentos. Esse movimento era de homens, mulheres e crianças. As mulheres tiveram um papel muito importante como linha de frente e as crianças eram usadas como uma forma de evitar que os pistoleiros atirassem. Tínhamos uma mensagem para os peões: nos reuníamos com eles e explicávamos que destruindo as florestas eles não teriam mais como sobreviver e assim, muitas vezes, contávamos com suas adesões. O inimigo maior era a polícia contratada pelos fazendeiros. Nesse período ocorreram muitas prisões e pancadarias.

CUT — *Como isso mudou no contexto de defesa da Amazônia?*

Chico — Mudou dentro dessa luta pela preservação dos recursos naturais, visto que a região de repente estava se tornando um enorme pasto. Só na minha região, de 1970 a 1975, foram destruídas pelo fogo e pelas motosserras 180 mil árvores seringueiras, 80 mil castanheiras e mais de 1,2 milhão de árvores de madeira de lei, sem contar as várias espécies de árvores medicinais que foram devoradas e transformadas em pastagens.

O objetivo era a especulação: desmatavam 2 mil hectares de floresta virgem, plantavam 1 milha de pastagem e assim não tinha mais como o seringueiro viver.

Toda essa situação, as políticas de desenvolvimento financiadas pelos bancos internacionais, como é o caso do Polonoroeste em Rondônia, começaram a afetar inclusive as grandes empresas madeireiras.

Criou-se, em 1985, o Conselho Nacional dos Seringueiros, por iniciativa do sindicato, já que até aquele momento vivíamos uma luta isolada, sem respaldo até mesmo do movimento sindical, onde todos estavam mais preocupados com seus problemas regionais.

O que podíamos fazer? Tentar um encontro nacional de seringueiros em Brasília, a única forma de criar uma repercussão de toda a luta que havia na região. Surge a idéia de se realizar esse encontro e, finalmente, em outubro de 1985, ele aconteceu. Esse encontro determinou que, a partir daquele momento, seria realizada uma campanha no sentido de se tentar uma aliança com os índios, já que as lutas eram iguais e que muita coisa que aprendemos, nossos costumes na mata, por exemplo, vêm dos índios. Tínhamos uma herança de índio.

Começamos, então, a nos reunir com as principais lideranças das nações indígenas. Em 1982, antes do encontro já havia uma possibilidade de aproximação com os índios. Fui candidato a deputado estadual pelo PT e a gente conseguiu lançar um índio candidato a deputado federal, fazendo uma proposta de aliança dos povos da floresta. Nessa eleição, nenhum dos dois teve resultado positivo, mas foi importante no sentido de estabelecer essa aliança.

No Encontro Nacional dos Seringueiros, que contou com observadores nacionais e estrangeiros, começou a crescer essa consciência de aliança. E até hoje, já foram realizados vários encontros com propostas conjuntas entre índios e seringueiros.

Aí surge a bandeira de luta pelas reservas extrativistas da Amazônia, que é uma área também indígena. O índio não quer ser colono, quer utilizar as áreas comunitariamente, e os seringueiros juntam-se a essa consciência também. Não queremos título de propriedade da terra, queremos que ela seja da União, com usufruto dos seringueiros. Essa coisa pegou e chamou a atenção dos índios, que começaram a se articular.

Em nível de cúpula, essa idéia já estava clara. Então, partimos para as bases, com a realização de encontros regionais em áreas vizinhas aos índios e esses índios começaram a participar, e criamos, assim, comissões conjuntas de índios e seringueiros. Recentemente, no Vale do Juruá, realizamos uma passeata ecológica com duzentos índios presentes.

Com o avanço da luta, o sindicato se fortaleceu e as mulheres começaram a participar mais, exigindo a criação de um departamento feminino. Realizaram seu primeiro congresso em 1º de maio de 1988, e a partir daí as mulheres índias também começaram a participar mais e, recentemente, elas fizeram parte da mesa de um congresso.

Essa força nova que cresceu serviu para deixar os grandes latifundiários cada vez mais preocupados. Hoje, a UDR se preocupa muito em tentar se estruturar na Amazônia.

CUT — *Essa experiência teve condições de se reproduzir em outros estados?*

Chico — Este trabalho está sendo articulado para todos os estados da Amazônia. O único problema, conforme informamos à direção do Conselho Nacional dos Seringueiros, são as poucas pessoas. Como a Amazônia é muito grande, encontramos dificuldades em estabelecer contatos em toda a região, devido a dificuldades financeiras.

Com o Calha Norte, esses projetos dos bancos internacionais, que têm por objetivo atingir os índios, fizeram com que estes se organizassem muito mais. No Acre, essa aliança se fortaleceu pois a área é o alvo principal da cobiça dos grandes latifundiários e empresas madeireiras por causa da estrada.

Conseguimos centralizar mais a nossa atuação em Rondônia e no Acre pois, além do resto da região amazônica ser de difícil acesso, esses dois estados são o centro da atração porque a estrada possibilita o acesso dos grandes latifundiários e dos grupos estrangeiros à região. É a BR-364, que tem sido uma polêmica.

"Até o momento nosso movimento é pacífico. Tentamos vencer e lutar com a não-violência."

Em janeiro de 1987, recebemos a visita de uma comissão da ONU que acompanhou de perto o nosso confronto com os fazendeiros contra o desmatamento. Denunciamos que esse desmatamento era resultado dos projetos financiados pelos bancos internacionais. Com isso, a ONU e as entidades ambientalistas americanas nos convidaram para participar de uma reunião do BID em Miami, em março de 1987. Eu fui, sabendo que estava em terreno inimigo. Denunciei a polícia e aquilo pegou em cheio o presidente do Banco Central, que estava presente e que tentou impedir a minha entrada. Consegui credenciamento com a imprensa internacional, entrei e denunciei para vários diretores executivos do BID o que estava sendo feito na Amazônia.

Tive uma audiência marcada com o chefe da Comissão de Operação de Verbas do Senado americano, para o dia 28, quando levei documentos comprovando todas as conseqüências que o desmatamento, com a abertura da estrada financiada pelo BID, estava causando. Assim, no dia 2 de abril de 1987, o banco resolveu suspender o resto do desembolso para o asfaltamento da estrada. Isto aconteceu porque as entidades ambientalistas tinham um poder muito grande junto ao banco e conseguiram sensibilizar o Congresso americano.

Esse foi um ponto político muito importante no avanço

do Conselho Nacional dos Seringueiros e na proposta dos índios.

CUT — *Você falou que durante praticamente um século os seringueiros foram escravizados. Como se deu esse processo, quais são as formas de trabalho na floresta?*

Chico — Desde aquela época em que ninguém era dono de terra na Amazônia, o seringalista que sabia que existia uma determinada região habitada por índios preparava os seringueiros e atacava a região, destruíam as malocas e implantavam a sede do barracão. Dali, contando com profissionais, desbravavam uma área de 30 a 40 mil ha dentro da mata, abrindo picadas e estabelecendo as colocações, que não são lotes, entre cem a duzentas famílias e cada um deles explorava aproximadamente 300 a 500 ha, em vários blocos de seringueiras, o que denominamos estradas de seringa.

Por exemplo, o seringalista que tinha 30, 40 e 50 famílias com uma produção anual de 50 toneladas de borracha ia no banco, fazia um financiamento de cem toneladas e o seringueiro se via forçado a cobrir aquela produção. Daí, ele se transformava em escravo pois seu grupo não poderia vender o produto para outro seringalista. Se o fizesse, a polícia o reprimia ou os jagunços o matavam.

Começa então o tráfico de nordestinos para a Amazônia. Eram trazidos de navio até o porto de Belém, sendo a praça de Belém a sede principal dos seringalistas. Quando o navio chegava, os patrões levavam um número de pessoas para a selva. Existia uma propaganda no Nordeste de que a borracha era uma mina, quando a realidade era totalmente outra. Quando o nordestino chegava à Amazônia não tinha mais como voltar. Estava preso pelo rio, caminhava horas nas matas, havia índios que resistiam e que matavam, tudo isso além da malária e outras doenças. Os que conseguiam sobreviver, quando conseguiam um saldo que concretizaria o seu sonho de voltar a terra natal, não eram reembolsados. Como eram vários grupos de seringalistas, financiados por entidades internacionais, cada um detinha o domínio sobre uma determinada área. E um não podia entrar na área do outro. Se acontecesse de um seringueiro ir ao barracão de um seringalista diferente daquele ao qual ele pertencia, e esse seringalista descobrisse, mandava a polícia ao barracão, tomava a borracha do seringueiro e ateava fogo nele. Muita gente morreu assim.

O próprio banco facilitava toda essa ação criminosa, porque a borracha era marcada — cada seringueiro tinha uma marca para marcar sua borracha — então, o patrão sempre reconhecia uma borracha diferente no seu lote.

Ainda hoje, em algumas regiões da Amazônia, prevalece o sistema de seringueiro escravo.

O governo resolveu maneirar mais na ação da polícia contra os seringueiros. Mas continuou a exploração. Não matava mais, mas prendia e açoitava, o que prevalece até hoje em algumas regiões.

Na nossa região, começamos a lutar pela autonomia do seringueiro e já existe a figura do seringueiro autônomo. São poucos, temos no total cerca de 15 mil famílias de seringueiros, das quais 30% são autônomas. Portanto, para a grande maioria ainda existe a figura do patrão, porque o Conselho Nacional dos Seringueiros ainda não conseguiu estabelecer suas bases nos locais mais distantes, mas pelo menos já houve um grande avanço.

Entre 1975 e 1985, conseguimos evitar que mais de 1,2 milhão de ha de floresta fossem devastados. Conseguimos também reocupar todas as áreas de onde os seringueiros haviam sido expulsos, na região do vale do Acre.

CUT — *Como foi esse processo de defesa?*

Chico — Foi um trabalho difícil, tivemos que enfrentar jagunços e a polícia. Começamos a reocupar essas áreas criando comunidades. Na medida em que criávamos uma comunidade organizada, ela ia trazendo famílias e colocando-as nas áreas desocupadas. Quando havia uma ação policial de despejo, a comunidade se organizava muito bem e reocupava. E conseguimos, com todas as limitações do Estatuto da Terra, defender as áreas, baseados no Decreto 4.504 — que diz que o posseiro não pode ser despejado de sua terra. Conseguimos também eliminar o desconto que o patrão fazia, até 1970, de 10% de peso da borracha do seringueiro, além de 30% de aluguel que era obrigado a pagar.

Fizemos um trabalho para evitar que o seringueiro pagasse renda, para que ele começasse a construir sua autonomia. O que fazíamos? Os atravessadores estavam interessados em comprar diretamente do seringueiro, só que ele não podia entrar no seringal, pois o patrão mandava prendê-lo. Com o nosso apoio, ele começou a oferecer melhor negócio para o seringueiro, ou seja, melhor preço para a borracha e, inicialmente, venderia os produtos alimentícios mais barato. Começamos então a dar apoio ao marreteiro como uma forma de levar o seringueiro à autonomia.

Só que esse mesmo marreteiro, depois que se viu livre para circular nos seringais, transformou-se numa figura autoritária e exploradora. Agora, lutamos para combatê-lo, nos foi útil no passado, hoje é nosso inimigo.

Assim, a única alternativa é criar cooperativas. Criamos a primeira cooperativa agroextrativista em 30 de junho deste ano. Antes da sua fundação, os patrões pagavam Cz$ 150,00 o quilo da borracha; depois de criada a cooperativa, com o objetivo de derrubá-la, passaram a pagar Cz$ 230,00 o quilo, e nós conseguimos pagar Cz$ 264,00. Três semanas depois, chegaram a esse preço e nós passamos para Cz$ 285,00. Quando acreditaram que pararíamos, nós passamos para Cz$ 380,00.

Nesta questão dos preços, os usineiros, interessados no aumento da produção da borracha e no lucro, aliam-se a nós. E nós os aceitamos como uma tática na questão da política de preços da borracha. Nessa briga, tiramos a figura do patrão e do marreteiro e deixamos o seringueiro livre. Hoje ele compra mercadoria mais barata, conseguida por nós, mas ainda tudo é muito precário pois, apesar de existir uma série de propostas de apoio de entidades, inclusive em nível internacional, nada saiu até hoje.

CUT — *Como surgiu a idéia da cooperativa?*

Chico — A cooperativa é uma forma nossa de lutar pela liberdade. Isso foi conseguido com cinco anos de articulação, pois houve cooperativas anteriores controladas pelo governo e que não vingaram, pois se tornaram mais um patrão do seringueiro. Para nós, a cooperativa deveria ser um instrumento do próprio seringueiro, uma conquista dele. Para fazer isso, começamos a montar uma primeira escola de alfabetização dos seringueiros, onde adotamos uma política que ensinava o trabalhador a lutar por melhores condições de vida. Criamos uma cartilha, denominada Poronga, com o apoio tanto do Cedi quanto de vários outros grupos de universitários e professores. Poronga é a luz que o seringueiro usa e coloca na cabeça para caminhar na selva. Então, ela seria a cartilha que nos ensinaria o caminho para lutarmos com mais força.

A primeira escola foi difícil porque os fazendeiros começaram a dizer que recebíamos dinheiro de Cuba. E, então, os órgãos de segurança baixaram várias vezes, até que se convenceram de que não era nada disso. Fomos crescendo e hoje temos mais de 18 escolas na região. Isso possibilitou um grande avanço, pois à medida que o seringueiro começava a estudar, visualizava uma forma de se livrar do patrão. Os professores eram pessoas eleitas pela comunidade, comprometidas. O único problema é que se tratava de um trabalho lento. A pessoa tem que estar comprometida com as lutas da comunidade, criando confiança mútua, tem que estar preparada para enfrentar a polícia, etc.

Então, uma equipe iniciou o preparo dessas pessoas e

elas conseguiram desenvolver um trabalho pela defesa da floresta.

CUT — *Como tem sido a relação entre seringueiros autônomos e os que têm patrão?*

Chico — É um processo muito lento. O seringueiro, com toda essa história passada, aprendeu, de geração a geração, a ser escravo, a ser dominado pelo patrão. Não adianta chegar em uma comunidade onde não exista nenhum trabalho anterior e resolver montar uma escola ou criar uma cooperativa. Não dá certo.

Para se atingir os 30% de autônomos levamos 15 anos. De 1980 para cá, as escolas avançaram, mas somos bem poucos e temos preocupação em preparar as pessoas. Além disso, como a Amazônia é muito grande, encontramos dificuldades de chegar a todos os lugares. Também não adianta você ir até as regiões mais distantes, fazer uma reunião com os seringueiros, falar de nossa experiência e não deixar ninguém preparado para continuar o trabalho. Portanto, vamos demorar para chegar em várias regiões, mas queremos fazê-lo preparando as pessoas.

CUT — *Ainda continua o antigo esquema das multinacionais e dos seringalistas contratarem grupos de seringueiros numa relação de trabalho semi-escravizado?*

Chico — Não. Aquele esquema de escravo do Nordeste permaneceu até 1955. O que tem acontecido muito é que as empresas agropecuárias pegam os bóias-frias do sul e os levam como escravos para trabalhar nas fazendas.

Temos tentado providências do Ministério do Trabalho, o que é feito depois de muita pressão, pois não existe preocupação com o trabalhador. São bóias-frias de várias regiões, levados de caminhão até lá e jogados em fazendas de várias regiões da Amazônia. Em troca do seu trabalho recebem comida e pinga.

→ Atenção jovem do Futuro ↙

6 de Setembro do ano de 2120, aniversário ou 1º Sentenário da revolução Socialista Mundial, que unificou todos os povos do planeta num só ideal e num só pensamento de unidade Socialista, e que pôs fim a todos os inimigos da nova sociedade.

Aqui ficam somente a lembrança de um triste passado de dor, sofrimento e morte.

Desculpem

eu estava sonhando quando escrevi estes acontecimentos, que eu mesmo não verei. Mais tenho o praser de ter sonhado

Mensagem aos jovens, escrita por Chico Mendes, pouco antes de morrer.

CUT — *No início de seu trabalho sindical já existia alguma outra forma de organização dos seringueiros?*

Chico — A coisa estava muito crua, principalmente entre os seringueiros, onde 95% nem votava. Era muito difícil. Começaram a perceber que eram explorados a partir da criação do sindicato. Como eu tinha que trabalhar na produção para ajudar em casa, aproveitava os finais de semana para me dedicar ao movimento. Durante esse período, passei muitas dificuldades. Com a criação de sindicato, em 1975, tinha que passar muito tempo na cidade para ajudar a encaminhar as propostas, pois de repente começaram a chegar questões de todos os lados. Em março de 1976, vivia mais na cidade, em Brasiléia, porque o movimento estava muito agitado e aí eu passava fome, não tinha dinheiro nem para comer.

Lembro que em 10 de março de 1976 aconteceu o primeiro movimento mais importante, quando chegaram três seringueiros de um seringal próximo à Brasiléia e denunciaram que a área deles estava sendo devastada por cem peões, com pistoleiros na região. Pela primeira vez, reunimos 70 homens e mulheres e fizemos uma trincheira na selva para impedir o desmatamento. Este fato chamou a atenção de todos, inclusive do exército e da polícia. Mas a gente chegou à conclusão de que a luta era por ali mesmo.

CUT — *O sindicato em Xapuri é só de seringueiros ou envolve outras categorias também?*

Chico — Principalmente seringueiros. Mas ele atua também com colonos, alguns peões de fazendas. Temos em Xapuri 3 mil filiados. Esse sindicato conseguiu passar por cima da Federação dos Trabalhadores, pelega, aliada à UDR. Nas eleições passadas, a federação apoiou a aliança PFL/PDS, os mais reacionários.

CUT — *O que era a trincheira?*

Chico — Era o seguinte: fazíamos um cordão de mãos

dadas e cercávamos a área que estava sendo desmatada, não deixávamos os caras entrar e desmontávamos os seus acampamentos. Ninguém ia armado, quer dizer, tínhamos duas ou três pessoas armadas mas com a firme recomendação de só agir nas últimas conseqüências, no caso de estarem matando alguém.

Nosso objetivo era tentar convencer os peões a ficar do nosso lado. E sempre conseguíamos a adesão. Agora, quando a polícia chegava, esses mesmos peões eram obrigados a ficar contra nós. Lembro de umas quatro vezes em que a gente foi preso e ficamos lá deitados no chão e eles batendo na gente e, depois, todos ensangüentados, nos jogavam no caminhão. Dentro do caminhão, com muita gente junta, começávamos a cantar os hinos da Igreja. Chegávamos na delegacia, mais de cento e tantos homens, não tinham lugar para alojar todo mundo e ficávamos pelos corredores. A polícia cercava o prédio e, por fim, tinham que nos liberar.

CUT — *O senhor falou em cantar hinos da Igreja, o senhor participava de algum movimento ligado à Igreja?*

Chico — A partir de 1973, comecei a me entrosar nos trabalhos das comunidades de base. Naquele momento, o sindicato só podia funcionar nas dependências da Igreja, devido à repressão. Ela teve um papel muito importante, apesar de que depois retrocedeu um pouco. Durante esse tempo, militei ativamente nas comunidades de base e tinha aqueles padres progressistas que inventavam hinos ligados à nossa causa. Era uma vida sofrida, mas a gente se animava, pois sabia que começávamos a incomodar o poder.

Em 1980, passei 90 noites dormindo em lugares diferentes. Até hoje, sofri seis tentativas de emboscada, a última delas foi em abril desse ano. No dia 27 de maio, quando realizamos uma passeata pacífica pela defesa da floresta e acampamos no prédio do IBDF — éramos mais de quatrocentos homens — fomos atacados por pistoleiros a 1h30 da manhã, a 30 metros do quartel da polícia militar. Foi um tiroteio horrível.

Sorte que todos dormiam. Dois rapazes saíram baleados, mas escaparam. Eu nunca mais andei só. A partir das sete da noite, não saio mais na cidade. Se vou a um seringal, volto por outro. Tivemos que aprender a lutar pela nossa segurança.

Um mês depois que a UDR se instalou por lá, aconteceu esse ataque em Xapuri, do grupo que é o seu braço armado. Como não se contentaram, em 18 de maio, pegaram o companheiro Ivair Higino, grande liderança de uma comunidade da Igreja, e o acertaram numa emboscada. Ele, além do seu trabalho na comunidade de base e no sindicato, começou a incomodar um vereador do PMDB que morava ao lado. Esse candidato é articulado com os fazendeiros mais reacionários da região e o seu nome é Chico Tenório Cavalcante. Foi ele quem articulou a emboscada pois o Ivair, candidato a vereador pelo PT, ia seguramente derrubá-lo. E foi dito em praça pública que ele mandou matar o Ivair. O prefeito fez vistas grossas, ele recebeu o aval da justiça pois não teve nem a sua candidatura impugnada.

CUT — *Como se dá a compatibilidade entre o trabalho extrativista e a defesa da floresta?*

Chico — Os seringueiros e os índios habitam há muito tempo a região. Os seringueiros vivem do extrativismo, desmatam também para suas culturas de sobrevivência e nunca ameaçam a Amazônia. Por outro lado, a principal atividade econômica da região continua sendo a extrativista: borracha e castanha.

Durante muito tempo, brigamos pela questão da Amazônia, mas não tínhamos proposta alternativa. Só a partir de 1985 é que começamos a articular propostas alternativas: queremos que a Amazônia seja economicamente viável.

Aí, partimos do ponto de que, com a reserva extrativista, garantimos a política de comercialização da borracha, pois sabemos que está ameaçada pelos plantios de seringueiras no sul. Mas a questão não é só essa. Temos a castanha, que é um dos principais produtos da região e que está sendo devastada pelos fazendeiros e madeireiras. Temos a copaíba, a bacaba, o açaí, o mel de abelhas, uma variedade de árvores medicinais que até hoje não foram pesquisadas, o babaçu, uma variedade de produtos vegetais cuja comercialização e industrialização garantiria que a Amazônia, em dez anos, se transformasse numa região economicamente viável, não só para o País mas para o mundo. O que precisamos hoje é que o governo dê prioridade à industrialização desses produtos.

Tem também a questão do cacau, do guaraná e de outras culturas que se pode usar sem devastar a floresta. O que a ameaça são os fazendeiros: no ano passado, queimaram 20 milhões de ha. Este ano, só no Acre, os técnicos do Inpe descobriram que foram queimados mais de 800 mil ha.

CUT — *Quais as causas das queimadas?*

Chico — É a questão do incentivo à política de especulação da terra, a pecuária. Nas áreas onde os seringueiros não chegam, os fazendeiros fazem queimadas deixando a terra improdutiva. Nem estão plantando capim.

O objetivo deles é queimar porque o IBDF é tão incompetente que não tem nenhuma capacidade de frear. Agora não, porque a ONU fez uma denúncia, a Globo está mostrando, mas isso é balela. Não basta denunciar ou mostrar as queimadas. No ano passado, a pista de pouso do Acre ficou interditada durante três dias, agora já está com mais de três semanas, isso devido às queimadas. Pilotos me contaram que as queimadas mais fortes estão em Rondônia e Mato Grosso.

Com a nossa resistência em Xapuri, este ano eles só conseguiram desmatar 50 ha, ainda assim porque tiveram o aparato policial garantindo. Não pudemos nos aproximar pois não queríamos o confronto armado.

Queremos criar fatos políticos no sentido de sensibilizar

a opinião pública. Conseguimos, mesmo assim, suspender esse desmatamento com o apoio de São Paulo e Rio de Janeiro, que enviaram telegramas de protestos e o governo se viu obrigado a me chamar para negociar a retirada da polícia da área. Mas aí, a Autobrás, numa região onde o Sindicato de Rio Branco não tem nenhuma ação enérgica, conseguiu, às escondidas, desmatar 15 mil ha.

CUT — *Essas queimadas têm deixado o seringueiro sem trabalho?*

Chico — Sim. Na década de 70, quando foram muito fortes, contribuíram muito para o desemprego e a miséria. Esses seringueiros expulsos entre 1970 e 1975 (calcula-se cerca de 10 mil famílias) foram para a cidade formar o cinturão de miséria naqueles bairros. Hoje, na capital do Acre, se você visita um bairro desses, só vê miséria, prostituição, tráfico de drogas, porque o pessoal foi levado ao desespero. Por que hoje, nas cidades, há tantos grupos marginais? Essas pessoas foram levadas a isso não por convicção, mas pelas circunstâncias.

CUT — *Como o solo reage a essas queimadas que vêm sendo feitas de maneira sistemática na região?*

Chico — O solo fica improdutivo. Por exemplo, em uma pastagem onde eles desmatam 2 ou 3 mil ha, essa terra não tem potência para resistir e, então, com dois anos a terra seca.

CUT — *E porque os projetos pecuaristas se utilizam desse método se eles próprios vão ser prejudicados no futuro?*

Chico — A ganância é enorme. Eles querem estabelecer o domínio por toda a região, principalmente com a possibilidade do asfaltamento da estrada. E lá, essa atividade não gera nem ICM. No ano passado, a borracha, com todo o desgaste que tem sofrido, ainda foi a responsável por 45% da arreca-

"Entre 1975 e 1985, conseguimos evitar que mais de 1,2 milhão de hectares de florestas fossem devastados."

dação de ICM, enquanto a pecuária chegou somente a 5%.

CUT — *Além dos projetos pecuaristas, quais outros têm sido implantados?*

Chico — As madeireiras que, inclusive, são financiadas em dólares por grandes empresas internacionais. No ano passado, entre junho, julho e agosto, saíram do Acre 300 metros de mogno por dia para exportação.

CUT — *E o projeto Calha Norte?*

Chico — É outro desastre. Mais uma forma de o governo expandir o seu domínio militar por toda a fronteira da Amazônia para, inclusive, evitar o fortalecimento dos trabalhadores.

CUT — *Vocês, que moram na região da fronteira, vêem alguma situação delicada que justifique a implantação do projeto? Como contrabando, fronteira móvel etc.?*

Chico — Não. Isso é uma invencionice. Nos seringais não existe isso. Durante toda essa década, o seringueiro foi o verdadeiro guardião da fronteira da Amazônia. O que vai ameaçar essa fronteira é exatamente a devastação, a expulsão dos seringueiros.

CUT — *Como tem sido a relação dos trabalhadores com os militares que estão se implantando na região?*

Chico — Não é boa. Eles nos vêem com maus olhos. As pessoas mais afetadas são os missionários que estão trabalhando com os índios. Eles são vistos como elementos perigosos que estão preparando os índios para uma guerra ou os estão usando. É um argumento que eles estão criando para tentar entravar qualquer organização dos índios. E o pior é a questão da colônia indígena. Agora eles querem transformar o índio em colono, o que é o mesmo que acabar com ele.

CUT — *Existiria a queimada com o propósito premeditado de extinguir um objeto de defesa do trabalhador?*

Chico — Também. Agora eles também estão alegando, para o Calha Norte, que há grupos de guerrilha, o Sendero Luminoso. São todos argumentos falsos porque o que poderá criar a presença desses elementos do lado de cá é a situação criada pela própria devastação, gerando desespero nas pessoas, levando-as a se articularem e criando um foco de resistência. Mas, se o seringueiro tem sua área garantida, não vai ser preciso ele se envolver com essas coisas.

CUT — *E já aconteceu um conflito mais duro entre os militares e alguma comunidade indígena ou seringalista com a implantação do projeto?*

Chico — Até o momento, só houve um problema mais sério com índios de outras regiões que nós não atingimos, com os Ticunas. Lá, houve um problema sério envolvendo os garimpeiros. Nós ainda não temos nenhum acesso àquela área, mas o Conselho de Segurança Nacional está lá encurralado pelos índios do Acre que não permitiram, em hipótese alguma, a implantação das colônias indígenas. Essa aliança se fortaleceu muito e eles foram agora ao Acre para tentar articular comigo e com outras lideranças, tentando nos fazer convencer os índios a aceitar as colônias.

CUT — *São índios de que nações?*

Chico — São os Kaxinawá, os Machineri, os Apurinã, aqueles com quem temos mais contatos.

CUT — *São grupos contatados há muito tempo?*

Chico — Há muito tempo. É um pessoal que já tem 54 cooperativas, tem vários postos de saúde, várias escolas e habita o rio Envira, na região do vale do Juruá.

CUT — *Quais as dificuldades que vocês tiveram para fazer os primeiros contatos com os índios?*

Chico — Não foi difícil porque os primeiros contatos foram feitos com as lideranças. Quando chegamos às bases, já fomos com essas lideranças. Isso tornou-se uma pressão muito grande na batalha contra as colônias indígenas. Um coronel do Conselho de Segurança Nacional me chamou um dia para perguntar porque os seringueiros eram contra a colônia indígena. Eu respondi que éramos contra porque na nossa região o governo taticamente criou um projeto de colonização para acabar com os seringueiros e foi um desastre. E ele me disse: "Isso são esses agitadores da Igreja que estão colocando idéias na cabeça de vocês". E eu disse: "Não, não somos tão crianças para não sabermos o que queremos".

CUT — *Além dos indígenas, com quais outros setores que vivem e sobrevivem na floresta vocês estão se articulando?*

Chico — Mais com o seringueiro e o índio, e também com o colono, o agricultor dos projetos de assentamento, porque eles também estão contribuindo para a devastação sem saber que estão criando um problema futuro para eles mesmos. E com os colonos ribeirinhos também.

Muitos foram expulsos pelos fazendeiros. O rio Acre, hoje, é um rio ameaçado. Antes, o próprio transporte da borracha era feito por ele e, hoje, nem um navio de 50 toneladas consegue mais entrar — assoreou. O próprio clima mudou por causa do desmatamento das margens.

CUT — *Quais são as reivindicações comuns dos seringueiros?*

Chico — Hoje, a principal luta é pela criação da reserva extrativista. Tivemos uma conquista numa área de 60 mil ha em Cachoeira, onde os seringueiros se organizaram com piquetes de mais de quatrocentos homens, não permitindo o desmatamento, e o Mirad teve que desapropriar. Lá, estamos agora abrindo escolas e posto de saúde.

CUT — *Como é a receptividade desse tipo de prática nos grupos da cidade da região?*

Chico — Começa aos poucos a crescer uma consciência. A população da cidade se vê sufocada pela fumaça das queimadas que provocam casos de pneumonia, desidratação, malária, sobretudo nas crianças.

O pequeno comércio — chamado de regatão, nome que veio dos judeus e turcos que ocuparam a região — tem Xapuri como uma cidade criada por eles. Estes compravam a borracha e a castanha.

Hoje, há uma receptividade maior da cidade, mas antes havia um preconceito muito grande da cidade em relação ao campo. Porque o seringueiro, por não ter tido o privilégio de estudar, chegando na cidade, ficava meio atarantado e ia logo tomando sua pinguinha para se encorajar. Então, ele era tido como bêbado. Agora não. Hoje, ele é tido como uma pessoa de respeito, porque a cidade começou a ver que ela sobrevive graças à resistência do seringueiro.

“Quero ficar vivo para salvar a Amazônia”*

No dia 9 de dezembro, o presidente do Sindicato dos Trabalhadores Rurais de Xapuri (AC), Francisco Mendes Filho, o Chico Mendes, integrante do Conselho Nacional de Seringueiros e conhecido internacionalmente por sua luta ecológica, esteve no Rio para participar de uma mesa redonda intitulada Amazônia a Ferro e Fogo. Nessa ocasião, ele concedeu uma entrevista ao Jornal do Brasil, *na qual prenunciava a emboscada que iria sofrer 13 dias depois, na sua fazenda em Xapuri, onde tombou alvejado por uma espingarda. Em seu depoimento, Chico Mendes denuncia que os irmãos Darly e Alvarino Alves o ameaçaram de morte e mandaram assassinar mais de 30 trabalhadores rurais. Naquele mesmo dia, o deputado estadual João Carlos Batista, do Partido Socialista Brasileiro, declarou na tribuna da Assembléia Legislativa do Pará que estava sendo ameaçado de morte. Ele era advogado de posseiros e foi assassinado na noite do mesmo dia — era o sexto de uma lista de oito marcados para morrer.*

Na seqüência, a íntegra da entrevista de Chico Mendes ao JB, *publicada nos dias 24 e 25 de dezembro de 1988.*

Jornal do Brasil — *Como está sua situação no Acre?*

Chico — Minha segurança ultimamente foi reforçada, no Acre, por decisão do governador Flaviano de Melo. Ele sabe que um assassinato vai complicar a situação do Estado. Não que a morte de um seringueiro no Acre seja novidade. Mas é que o nosso movimento tornou-se conhecido mundialmente. Principalmente junto às autoridades do Banco Mundial (Bird), do Banco Interamericano de Desenvolvimento (BID) e do

* Entrevista de Chico Mendes concedida ao jornalista Edilson Martins do *Jornal do Brasil*, nos dias 24 e 25 de dezembro de1988.

Congresso americano. Ora, não se bate de frente com essas entidades. Hoje, minha vida passa pelos policiais da PM. Tenho tido uma relação amigável com meus seguranças.

JB — *Quem mais o ameaça publicamente?*

Chico — Agora são dois fazendeiros em Xapuri (AC), os proprietários da Fazenda Paraná, Darly Alves e Alvarinho Alves. São irmãos. Estão inclusive foragidos da Justiça, com mandado de prisão decretado. Desde 1973, esses dois fazendeiros tinham ordem de prisão no Paraná. Nós invocamos essa ordem de prisão para o Acre, e confiamos, infelizmente, no superintendente da Polícia Federal, Mauro Spósito, que reteve durante 16 dias essa ordem de prisão. Segundo o próprio juiz da Comarca de Xapuri, tal retenção não foi por acaso. Houve uma expectativa inicial: quem teria avisado os dois foragidos da Justiça? Hoje estamos absolutamente convencidos, por informações vazadas do próprio DPF, que esses dois fazendeiros são amigos do delegado da Polícia Federal no Acre, Mauro Spósito. Os irmãos já mandaram assassinar mais de 30 trabalhadores.

JB — *Cite alguns desses crimes.*

Chico — Na noite de 27 de maio deste ano, eles mandaram atacar o nosso acampamento de trabalhadores, em Xapuri, onde dois seringueiros foram baleados: Raimundo Pereira e Manuel Custódio. Foram brutalmente baleados. Logo em seguida, no dia 18 de junho, Ivair Ginho foi morto numa emboscada com espingarda calibre 12, dois tiros, e mais oito de revólver. Foi assassinado por grupos a serviço desses dois fazendeiros. Logo em seguida, em agosto, tudo neste ano apenas, um outro trabalhador, José Ribeiro, em Xapuri, foi também assassinado por pistoleiros.

JB — *Qual a razão dessas mortes?*

Chico — São assassinos profissionais, frios e covardes.

"A cooperativa é uma forma nossa de lutar pela liberdade."

Depois, com tal atuação, eles estabelecem o pânico. Criam o clima de intimidação, apavoram a população.

JB — *Qual é a ameaça dos dois irmãos fazendeiros?*

Chico — Só se entregariam à Justiça após verem o meu cadáver. Duvido que se entreguem. A PM do Acre sabe da existência de pistoleiros no meu encalço, a serviço deles.

JB — *Onde o perigo é maior?*

Chico — Nos aeroportos. É porque desconfio que vão me pegar. Agora, em São Paulo, tive o acompanhamento de policiais civis e PMs do Estado. Ao chegar no Rio, estou também sob a cobertura de amigos e do pessoal da Campanha Nacional de Defesa pelo Desenvolvimento da Amazônia (CNDDA).

JB — *Ao retornar, agora, ao Acre, sua vida corre mais perigo ainda?*

Chico — Eu tenho consciência de que todas as lideranças populares, nesses últimos dez anos — advogados, padres, pastores, líderes sindicais — todos eles foram mortos. Mesmo com a garantia de vida do governo. Não precisa nem citar exemplos, poi eles estão vivos na memória de todos. Tenho esperança de continuar vivo. É vivo que a gente fortalece essa luta. De parte do governo do Estado não tenho o que temer. Pelo contrário. Agora, por outro lado, eu estou diante de dois inimigos poderosos: a União Democrática Ruralista (UDR) e a Polícia Federal no Acre.

JB — *A Polícia Federal o acusa agora de dedo-duro. Mas a imprensa de Rio Branco já denunciou essa velha manobra, como herança dos anos ditatoriais.*

Chico — É uma campanha de calúnia, na tentativa de me desmoralizar na região. Mas vamos supor que, de fato, eu seja um informante da Superintendência da Polícia Federal no Acre. Ora, o *doutor* superintendente estaria cometendo um desserviço ao queimar um quadro tão conhecido. Mas não é por aí. Estou sob dois fogos. Na data em que ele me acusa de informante, em 1975, eu estava sendo submetido a duros interrogatórios, sob o comando desse policial, em Xapuri.

JB — *Xapuri, município acreano, é a frente mais avançada, em toda a Amazônia, na defesa intransigente da floresta? É a frente política mais conseqüente dessa resistência?*

Chico — Poderíamos dizer que é a Frente Verde da Amazônia. É o único lugar, única região, em toda a Amazônia, em que, neste ano de 1988, os fazendeiros só conseguiram desmatar 50 hectares de selva. A previsão era desmatar 10 mil hectares de floresta primária, mata virgem.

JB — *Um pouco mais que três parques nacionais da Floresta da Tijuca juntos. A floresta tomba, e vocês também. Quantos companheiros vocês perderam?*

Chico — No Acre, seis companheiros. De liderança expressiva perdemos o Wilson Pinheiro, em 1980. Essa luta contra os desmatamentos criminosos começa em 1975. É uma luta com mais de 13 anos. O marco dessa luta é o dia 10 de março de 1986. É aí que tem início o primeiro *empate* assumido, num seringal em Brasiléia, no Acre.

JB — *O que é um empate?*

Chico — É uma forma de luta que nós encontramos para impedir o desmatamento. É forma pacífica de resistência. No início, não soubemos agir. Começavam os desmatamentos e nós, ingenuamente, íamos à Justiça, ao Instituto Brasileiro de Desenvolvimento Florestal (IBDF), e aos jornais denunciar. Não adiantava nada. No empate, a comunidade se organiza, sob a liderança do sindicato, e, em mutirão, se dirige à área que será desmatada pelos pecuaristas. A gente se coloca diante dos peões e jagunços, com nossas famílias, mulheres, crianças e velhos, e pedimos para eles não desmatarem e se retirarem do local. Eles, como trabalhadores, a gente explica, estão também com o futuro ameaçado. E esse discurso, emocionado, sempre gera resultados. Até porque quem desmata é o peão simples, indefeso e inconsciente.

JB — *Mas isso fura, às vezes?*

Chico — Sim, o fazendeiro recorre a uma ordem judicial e, com apoio das forças policiais, executa o desmatamento. Espero que com a nova Constituição esse absurdo não prossiga. Mesmo assim, nosso movimento continuava crescendo, sem prejuízo de grandes recuos. Já em 1980, esse movimento dos seringueiros, movimento de empate, se generalizava por toda a região. Até aquele momento, a luta era liderada pelo Wilson Pinheiro, presidente do Sindicato dos Trabalhadores Rurais de Brasiléia (AC). Era um homem comprometido com a defesa da floresta e muito corajoso.

JB — *Quer dizer que essa luta começa em Brasiléia?*

Chico — Começa em Brasiléia. Só que, em 1980, Wilson Pinheiro foi assassinado dentro do sindicato, pelas costas, quando assistia a um programa de televisão. Foi assassinado a mando de fazendeiros. Houve uma reunião dos fazendeiros, em julho de 1980, em que ficou acertado que uma forma de barrar o movimento dos seringueiros era matar as principais lideranças. Na noite de 21 de julho de 1980, Wilson foi fuzilado na sede de seu próprio sindicato. A nossa luta sofre um grande abalo. Mas logo depois ressurge em Xapuri, que fica a menos de 100 quilômetros de Brasiléia. E Xapuri, via sindicato, começa a comandar todas as nossas operações de resistência, e vale dizer resistência pacífica, mas resistência. Quando conduzimos nossas famílias para o empate, deixamos transparente que o movimento é pacífico. Ninguém vai pra guerra levando mulher e filhos.

JB — *Qual o balanço dessa resistência em defesa da floresta?*

Chico — Bom, de março de 1976 até agora, já realizamos 45 empates, sofremos 30 derrotas e tivemos 15 vitórias.

JB — *O empate tem que objetivo?*

Chico — Criar um fato político. Mais que isso: desapropriar a área e finalmente criar a Reserva Extrativista.

JB — *A Reserva Extrativista é uma criação de vocês?*

Chico — Veja bem: até 1984, a gente realizava os empates, mas não tínhamos muita clareza do que queríamos. Sabíamos que o desmatamento era o nosso fim e de todos os seres vivos existentes na selva. Mas a coisa terminava aí. As pessoas falavam: "Vocês querem impedir o desmatamento e transformar a Amazônia em santuário? Intocável?". Estava aí o impasse. A resposta veio através da Reserva Extrativista. Vamos utilizar a selva de forma racional, sem destruí-la. Os seringueiros, os índios, os ribeirinhos há mais de 100 anos ocupam a floresta. Nunca a ameaçaram. Quem a ameaça são os projetos agropecuários, os grandes madeireiros e as hidrelétricas com suas inundações criminosas. Nas reservas extrativistas, nós vamos comercializar e industrializar os produtos que a floresta generosamente nos concede. Temos na floresta o abacaba, o patoá, o assaí, o buriti, a pupunha, o babaçu, o tucumã, a copaíba, o mel de abelha, que nem os cientistas conhecem. E tudo isso pode ser exportado, comercializado. A universidade precisa vir acompanhar a Reserva Extrativista. Estamos abertos a ela. A Reserva Extrativista é a única saída para a Amazônia não desaparecer. E mais: essa reserva não terá proprietários. Ela vai ser um bem comum da comunidade. Teremos o usufruto, não a propriedade.

JB — *Quem aprovou a idéia primeiro?*

Chico — Por incrível que pareça, foi o exterior. Lamentamos que isso tenha acontecido. Em 1987, em janeiro, recebemos uma comissão da ONU, em Xapuri. Viram nossa luta. Já em março desse mesmo ano, fui convidado a participar de uma reunião do Banco Interamericano de Desenvolvimento (BID), em Miami. Por que minha presença ao lado desses banqueiros? Porque são esses bancos que, com seus financiamentos, estão destruindo a Amazônia. Durante esse encontro, fui entrevistado seguidas vezes pela imprensa internacional. Não fui procurado por um único jornalista brasileiro. Logo depois, fui ao Congresso e falei para os congressistas americanos.

JB — *Que denúncias foram feitas?*

Chico — Os projetos financiados pelos bancos internacionais na Amazônia. Esses projetos estão destruindo todas as formas de vida na última reserva verde que sobrou na Terra.

JB — *O governo de Rondônia parece não gostar de sua atuação, que teria ajudado a suspender o financiamento de um projeto de US$ 200 milhões por parte do Banco Mundial (Bird). É verdade?*

Chico — O governo de Rondônia anunciou um projeto com mais de 1 milhão de hectares para criação de reservas extrativistas. Tudo armação. Denunciamos. Mandei uma carta para o Bird, alertando-o sobre a importância do projeto. A partir disso, o empréstimo foi sustado.

JB — *Rondônia foi violentada?*

Chico — A maior vítima de todos esses projetos de desenvolvimento. Nada similar foi feito no mundo em termos de destruição em tempo tão curto. Terras férteis transformadas em pastos, mata queimada, seringueiros expulsos. Um apocalipse.

JB — *Quantas reservas extrativistas já foram criadas no Acre?*

Chico — O governador já aprovou o São Luís do Remanso, 40 mil hectares; Santa Quitéria, em Brasiléia, com 40 mil hectares, que já está se encaminhando; e o Seringal Cachoeira, com 25 mil hectares, em Xapuri, na base da luta, do empate, da resistência; e Macauã, em Sena Madureira, com mais de 50 mil hectares. Nós não ignoramos que o governador Flaviano de Melo também recebe muita pressão dos fazendeiros.

JB — *O governador Flaviano de Melo já foi ameaçado de seqüestro pelos madeireiros.*

Chico — Ele tentou regulamentar o desmatamento. Mexeu em casa de marimbondo. Hoje há um corredor de fumaça que vai de Mato Grosso do Sul até o Acre. Isto apenas nos meses de agosto e setembro. Este ano, em quase 50 anos de Amazônia, nunca vi tantas queimadas. Estão incendiando tudo. Todos os aeroportos, durante o ano passado, ficaram interditados durante uma semana. Este ano, essa interdição foi além de um mês. A Amazônia, vista de cima, nesse período, é fumaça só. E como dói.

JB — *Você já ganhou duas comendas?*

Chico — O Prêmio Global 500, da ONU, e uma medalha da Sociedade para um Mundo Melhor, em Nova York. Além de uma na Inglaterra e outra nos Estados Unidos.

JB — *Com prêmios e reconhecimento internacional, você então seria um cadáver delicado?*

Chico — Se descesse um enviado dos céus e me garatisse

que minha morte iria fortalecer nossa luta, até que valeria a pena. Mas a experiência nos ensina o contrário. Então, eu quero viver. Ato público e enterro numeroso não salvarão a Amazônia. Quero viver.

O último texto*

Este foi o último material escrito pelo líder sindical e ecologista Francisco Mendes Filho.

O texto foi produzido no dia 25 de outubro de 1988, menos de dois meses antes de ser assassinado a tiros no quintal de sua casa, em Xapuri (AC), no dia 22 de dezembro.

O texto elaborado por Chico Mendes faz parte do desenvolvimento de um projeto que visava conseguir a solidariedade de organismos internacionais e nacionais (como o Banco Nacional de Desenvolvimento Econômico e Social, BNDES, e Finsocial) para o projeto das reservas extrativistas na floresta amazônica.

O manuscrito foi encaminhado por Chico Mendes a José Carlos Brito, que colabora com o programa dos seringueiros na região amazônica.

Nossa luta pela Amazônia

Como seringueiro desde 9 anos, comecei a desenvolver o trabalho na produção extrativista da borracha, no qual trabalhei diretamente durante 26 anos. De repente, senti a necessidade de fazer alguma coisa no sentido de evitar que mais companheiros continuassem vendo todo seu futuro ameaçado pela ganância de uma política de destruição e de genocídio aos povos da floresta.

---

* 5 de dezembro de 1988, Piracicaba-SP.

"Queremos que a Amazônia seja preservada mas também queremos que seja economicamente viável."

A partir da participação do movimento sindical rural na década de 70, quando se iniciou um processo de venda de seringais a investidores do centro-sul do País, que passaram a implantar fazendas de gado na região, começam a se dar as grandes derrubadas de matas e a expulsão de milhares de seringueiros das terras em que viviam.

Expulsos, eles se dirigem às periferias das cidades da região, sobretudo Rio Branco, e, completamente despreparados para exercerem atividades urbanas, sofrem um processo de degradação de suas condições de vida. Cresce a prostituição e a marginalidade na cidade.

Este trabalho que venho desenvolvendo junto aos seringueiros de Xapuri-Acre visa a melhoria de vida e a união da comunidade — ao mesmo tempo em que preservamos um patrimônio econômico nosso (evitando os grandes desmatamentos) e sua relação com o patrimônio nacional e internacional que é a Amazônia.

Os objetivos descritos, por si só, justificam a nossa luta. Levando em consideração que venho trabalhando há 15 anos na região, o resultado na comunidade já se faz sentir das seguintes formas:

a) A devastação da floresta e a conseqüente expulsão dos seringueiros só está sendo freada devido à conscientização e à resistência dos mesmos.

Compare-as a situação de Rondônia (25% de suas florestas foram destruídas nos últimos 10 anos) com a do Acre (10% de florestas destruídas no mesmo período).

b) Benefícios para a população: criação de escolas e postos de saúde nos próprios seringais, através do Projeto Seringueiro. Formação de agentes de saúde, que são escolhidos entre a população local. Criação, em junho deste ano, de uma cooperativa, que até agora vem contando com recursos próprios e que começou com 20 associados e no momento já possui 70 sócios. Observe-se que estamos conseguindo vender a borracha a preços cada vez mais altos, e que conseguimos pouco a pouco acabar com a figura do marreteiro (nome regional para o atravessador).

Levando em consideração que o extrativismo da borracha, da castanha e de outros produtos é secular no Acre, e que tem a qualidade de ser compatível com a preservação do meio ambiente — que tem preocupado tanto a sociedade brasileira, originando o recente pacote de medidas ecológicas —, acredito que este projeto seja encarado de suma importância no Brasil.

A idéia básica que levou a pensar na criação de reservas extrativistas é a de garantir áreas para manter o extrativismo, melhorando o nível de vida dos seringueiros.

Em termos preliminares, define-se reserva extrativista como uma área historicamente ocupada por populações que utilizam de produtos florestais para subsistência e comercialização, de forma compatível com as características do ecossistema amazônico.

A partir desta data, nossos objetivos imediatos resumem-se nos seguintes pontos:

a) Ampliação do movimento para Rondônia e toda a região amazônica. Criação de mini-usinas para a fabricação da folha fumada que entra diretamente na linha de produção das indústrias, evitando assim a presença de intermediários no processo de comercialização. Criação de uma usina de beneficiamento da castanha.

b) Através de encontros municipais, regionais e outras formas de organizar debates dentro das comunidades, visando a conscientização das populações envolvidas, mostrando o exemplo do trabalho já desenvolvido a partir de Xapuri.

Mensagem de despedida

"Não quero flores no meu enterro, pois sei que irão arrancá-las da floresta. Quero apenas que o meu assassinato sirva para acabar com a impunidade dos jagunços sob a proteção da Polícia Federal do Acre que, de 1975 para cá, já mataram mais de 50 pessoas como eu, líderes seringueiros empenhados em defender a floresta amazônica e fazer dela um exemplo de que é possível progredir sem destruir. Adeus, foi um prazer. Vou para Xapuri ao encontro da morte, pois dela ninguém se livra, tenho certeza. Não sou fatalista, apenas realista. Já denunciei quem quer me matar e nenhuma providência foi ou será tomada. O delegado da PF do Acre, Mauro Spósito, me persegue não é de hoje. E não tenho nenhuma dúvida de que os pistoleiros levarão a melhor por um motivo: o delegado mandou cassar meu porte de arma, sob a alegação de que tenho ligações com uma entidade 'alienígena' e 'comunizante'. É a Fundação Ford, dos Estados Unidos. Veja só."

Chico Mendes sempre defendeu seu sonho ambiental,
até com sua própria vida.

CHICO MENDES *Por Outros*

Alguns depoimentos

Luis Inácio Lula da Silva
Deputado Federal pelo PT/SP

Chico talvez nem soubesse o que queria dizer ecologia e muito menos holocausto ecológico quando começou sua romaria pela floresta para organizar a peãozada dos seringueiros — primeiro, no sindicato dos trabalhadores rurais e, mais tarde, para criar o PT.

Nessas caminhadas pela mata, ele acabou juntando numa bandeira só a luta ecológica, a luta sindical e a luta partidária, porque sabia que elas são indissociáveis, uma alimentando a outra no mesmo ciclo da vida na floresta.

Quando estive pela última vez em Xapuri, no Acre, antes da tragédia da véspera do Natal, para ajudar na campanha do Chico a prefeito, em 1985, a barra já estava pesando. Os fazendeiros do centro-sul do país que tinham invadido a região não escondiam de ninguém que ele estava marcado para morrer.

Logo o Chico que foi um dos mais apaixonados defensores da vida que já conheci, um homem tão puro e tão limpo como a água da chuva da mata que foi sua companheira inseparável.

Para honrar seu sacrifício e o de outros tantos companheiros, chegou a hora da nação dar um basta. O povo brasileiro não admite mais ser humilhado, massacrado, dizimado como a Amazônia. Não, não basta pôr na cadeia quem apertou o gatilho só para dar uma satisfação à opinião pública mundial. Chegou a hora de romper com todo este sistema corrompido e arbitrário que municia as mãos assassinas e que nas últimas duas décadas promoveu um intenso processo de concentração da terra e da renda.

Lá no cantinho do céu, Chico pode ter certeza de uma coisa: nós vamos prosseguir sua luta ainda com mais força, nos campos e nas cidades, para libertar o país de uma vez por todas desses jagunços e seus mandantes, escondidos na selva e nos gabinetes.

(Publicação da CUT, janeiro/1989)

Márcio Souza
Escritor e jornalista

Chico Mendes, como bom acreano, era uma mistura de cearense com índio. Era um *caboco*, como os nativos mais autênticos são chamados. E é curioso constatar que a sua história de vida se parece tanto com a nossa própria história. O seu lado nordestino, de homem acostumado com as incertezas da vida e caudatário de uma cultura muito tradicionalista, contribuiu para formar o seu espírito organizador paciente e sagaz construtor de uma técnica ingênua mas eficiente de luta política, como a tática do *empate* (que no significado amazônico quer dizer impedir, atrapalhar). Seu lado de índio deu-lhe o conhecimento da selva e a intimidade com o mundo vegetal. A calma que ele aparentava era o lado mais forte de sua herança indígena. Mas, lá dentro, batia um coração cearense, impulsivo e renitente, que devia latejar mais alto que os apavorantes ruídos da selva amazônica quando, nas longas noites de espera, mais um *empate* era preparado. Este coração, igual aos corações dos cangaceiros, igual ao coração de Antônio Conselheiro, só era contido pela placidez um tanto cética do índio que ele também era.

Um homem como Chico Mendes não possui lugar na Amazônia dos grandes projetos econômicos. É uma região agressiva, que se desacostumou aos desafios humanistas, que não pode conviver com propostas solidárias enquanto for uma mera fronteira das mais baixas aspirações de arrivistas. E como sua morte não é mais que uma generosa consciência de sacrifício, Chico Mendes nos aperta a mão de uma maneira esplêndida e nos injeta a consciência da vitória, tão necessária para se viver neste cínico final de século. Enquanto isto, nenhum esboço da resistência parece vir das elites locais. Os políticos da Amazônia são folclóricos, fisiológicos e governistas. As velhas oligarquias foram retiradas de cena sem piedade e a Amazônia brinca de agropecuária, de industrialização, só para enganar os bestas. Mas há os que não se conformam, que preferem pôr em risco a própria vida na defesa de seu mundo ameaçado.

Cândido Grzybowski
Escritor e jornalista

Quem conheceu Chico Mendes jamais vai esquecê-lo. Homem de fala mansa, mas cheia de energia, envolvente pela convicção com que defendia as suas idéias. Personalidade marcante, que nunca abandonou seu jeito simples de seringueiro, de homem da floresta.

A morte, que ele previu, denunciou e procurou evitar, pegou-o em plena consolidação e reconhecimento como líder seringueiro e como ecologista. Chico falava para nós e por nós. Por isto, todos os que lutamos contra a miséria, a destruição e a opressão fomos atingidos pelos chumbos da espingarda assassina. Mas Chico Mendes morreu. A sua morte não será inútil se preservarmos vivos as suas idéias e o seu exemplo.

Em face da violência armada, liderou um movimento com formas pacíficas de luta. Ao desmatamento antepôs a reserva extrativista. Para acabar com a escravidão nos seringais, lutou pelo trabalho livre e solidariamente organizado. Chico trabalhador, Chico ecologista, Chico pacifista: poderia alguém ser mais representativo dos movimentos libertários do mundo contemporâneo?

Fernando Gabeira
Escritor e jornalista

"Chico Mendes não era um líder sindical qualquer. Seu extraordinário alcance mundial se deve ao fato de que compreendeu melhor que ninguém como era necessário combinar a luta pela justiça social no Brasil com a preservação do meio ambiente.

Claro que sua atividade contribuiu muito. Ele trabalhava a seringueira. Dependia dela e teve de encarar de frente grandes fazendeiros cujo objetivo era fazer da Amazônia um grande pasto de bois. A intuição de Chico não parou aí, na combinação da ecologia com a luta sindical. Ele estimulou também uma forma de luta pacífica chamada empate, que foi desenvolvida em vários pontos do Acre e impediu que o Estado fosse devastado como foi a Rondônia. A capacidade de achar a luta pacífica, de envolver as crianças e mulheres no mesmo processo, uma vez que era o destino de todos que estavam em jogo, fez de Chico Mendes um grande articulador no campo do que havia de moderno nas lutas urbanas do mundo.

Estivemos juntos algumas vezes, e nos encontros que

participou no Rio demonstrou uma incrível capacidade de explicar seu trabalho, de introduzir os segredos da floresta para os que apenas a conheciam em filmes e sonhos. Sua luta era duplamente universal. Era um trabalhador e por isso tinha condições de falar pelo conjunto, e era ecologista. Quando essas duas condições se unem, fica claro para todo o resto da humanidade quem fala a linguagem universal, quem fala a linguagem do interesse particular.

A capacidade de antevisão de Chico Mendes deverá ser, nos próximos anos, uma grande inspiração para a luta popular no Brasil. Se compreendermos como ele compreendeu que não há futuro na luta sindical sem uma ligação com o meio ambiente e não há futuro na luta ambiental se não for conduzida pelos assalariados, poderemos achar uma fórmula nova capaz de fundir o internacionalismo dos trabalhadores com a solidariedade planetária em torno da defesa da vida humana, animal e vegetal."

(Publicação da CUT, janeiro/1989)

Jair Meneguelli
Presidente da Central Única dos Trabalhadores

"A luta do companheiro Chico Mendes era singular porque vinculava a questão da ecologia com o movimento sindical. Ele foi eleito membro da Direção Nacional da CUT no 3º Concut, realizado em setembro de 1988, no qual participou representando os trabalhadores. Chico apresentou a tese 'Em Defesa dos Povos da Floresta', totalmente aprovada pela CUT que a incluiu em suas resoluções. Ele defendia que a defesa do meio ambiente, especialmente no Acre, passa por uma reforma agrária radical, com a desapropriação total das terras e a demarcação de reservas extrativistas e indígenas. Dessa forma, os povos da floresta ficariam protegidos contra a ganância dos grandes grupos de fazendeiros e empresas que insistem em implantar projetos agropecuários, contrariando frontalmente o desenvolvimento racional da Amazônia, que tem nos produtos da floresta uma importante alternativa de riqueza econômica e ecológica.

Chico mobilizava e organizava os trabalhadores em torno dessa luta. Ele tinha uma perspectiva de classe e isso incomodou os poderosos. Os empates, uma das formas de luta do seringueiros, impedem o desmatamento e forçam o governo a demarcar as reservas extrativistas que, onde foram implantadas, se constituem em maior sucesso, tanto que o menor índice de desmatamento da Amazônia, em 1988, ocorreu no Estado do Acre.

A perseverança de Chico e sua liderança junto aos trabalhadores atraíram o ódio dos fazendeiros locais que, estimulados pela impunidade, o assassinaram. Chico Mendes entrou na lista dos 97 trabalhadores rurais assassinados em 1988 exatamente porque não há punição dos mandantes e dos assassinos. A responsabilidade por sua morte, porém, será apurada até o fim.

A Central Única dos Trabalhadores está acompanhando de perto, através do Departamento Nacional dos Trabalhadores Rurais, as investigações e o processo criminal, e não arredará pé até que se faça justiça, com a prisão e punição de todos os responsáveis.

Chico era a própria floresta amazônica. Suas idéias estão impregnadas em cada canto da mata, entre os seringueiros e índios, em cada árvore que ainda continua de pé graças à sua luta. A semente que ele plantou será regada com o destemor dos trabalhadores na defesa de seus direitos."

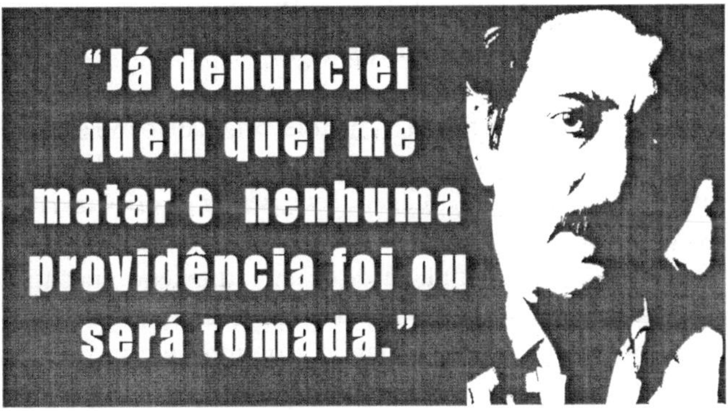

Stephan Schwartzman
Antropólogo do
Environmental Defense Fund (EUA)

"Chico Mendes e seu grupo de seringueiros foram fundamentais na elaboração dos conceitos que hoje orientam os empréstimos do Banco Mundial e do Banco Interamericano de Desenvolvimento para projetos na Amazônia.

Ele era uma doce figura, e um moderado, tanto em questões sociais quanto nas ecológicas. Sabia que era impossível manter a Amazônia fechada à penetração econômica e que a região poderia suportar uma convivência racional com o homem. Chico Mendes só queria evitar que o homem, nesse processo, devastasse a floresta e seus semelhantes.

Chico Mendes teve o mérito de perceber o interesse internacional na região amazônica ainda em 1985, e a partir daí nunca mais negligenciou a ajuda externa para resolver conflitos e proteger a natureza."

(*Jornal do Brasil*, dezembro/1988)

Mary Helena Allegretti
Antropóloga

"Chico Mendes fez uma trajetória original no movimento sindical. De seringueiro se transformou em sindicalista e de sindicalista em ambientalista, sem perder o que havia de peculiar em cada uma dessas posições. Sua liderança era uma síntese: vivia com a simplicidade de um seringueiro, era crítico com relação às condições econômicas e sociais dos trabalhadores no Brasil e incisivo quando propunha alternativas aos desmatamentos na Amazônia. O impacto da morte dele revelou ao mundo suas qualidades: retidão de caráter, amplitude da luta para a humanidade e emoção nas ações que empreendia."

(Publicação da CUT, janeiro/1989)

Edilson Martins
Jornalista

Crime e castigo em Xapuri

"Um seringueiro — Miguel Urbano Silva, 41 anos, cinco filhos — resumia os dias que virão pós-julgamento Chico Mendes: "*Daqui pra frente é que a onça vai beber água*".

Darci Alves Pereira — executor — e Darly Alves da Silva — mandante —, pai e filho, foram condenados a pena rigorosa. O público aplaudiu de pé o Juiz Adair Longuini, o Sindicato dos Trabalhadores Rurais de Xapuri fez festa, os ecologistas saíram gratificados, e a frente do Fórum de Xapuri, à meia-noite do dia 15 de dezembro, parecia uma Praça da Alegria. Nada mais justo: o 1º andar de um imenso prédio de violências, assassinatos e impunidade, começa a ser investigado. A perdida e insulada Xapuri viveu um verdadeiro congraçamento dos povos da floresta com os irrequietos agentes da civilização — jornalistas, escritores, cineastas, antropólogos, ecologistas, advogados, policiais, afora os delirantes que nunca faltam nesses eventos.

Índios não houve. Mas eles correm por fora nesse processo todo, sem prejuízo do terrível e trágico papel a que foram submetidos. Um dos aspectos mais importantes na luta desencadeada por Chico Mendes — e coisa hoje praticamente esquecida — foi a consciência da formação de uma aliança entre seringueiros e índios.

Chico Mendes sabia melhor que ninguém que todos os seringueiros tinham e têm uma dívida não resgatada para com os índios do Acre. Foram os seringueiros, manipulados pelos patrões — seringalistas —, que ajudaram a varrer da região dezenas, senão centenas de nações, a ferro e fogo, como única forma de viabilizar a acupação do Estado do Acre. Em vida, Chico Mendes iniciou os primeiros passos dessa delicada engenharia, sabendo das desconfianças mútuas, dos preconceitos arraigados, senão mesmo da visão desprezível que ao longo dos anos os seringueiros alimentaram em relação aos índios.

Índios não havia, e tampouco foram lembrados. Mas fizeram falta, principalmente junto à aqueles dotados de um olhar mais instigante. A euforia pela condenação, a *ego-trip* de algumas lideranças, o despreparo da *mídia* para separar o joio do trigo, entender a complicada política dos povos da floresta de certa forma contribuíram para um olhar mais estreito, e para a montagem daquilo que por aqui a direita chama de *o grande circo ecológico*.

(...) Aos que pensam que a punição de Darci Alves Pereira e seu pai Darly Alves da Silva põe um ponto final na violência da região vale fornecer alguns subsídios. Pelo contrário, é a partir de agora que a onça vai beber água, conforme nos ensina o seringueiro Miguel Urbano Silva.

Só o menino Genésio Ferreira, 15 anos, relatou, para uma perplexa platéia que lotava o Tribunal do Júri em Xapuri, sete assassinatos em sua curta permanência na fazenda Paraná, praticados por Darly, seus filhos e pistoleiros.

A trégua que houve desde o assassinato de Chico Mendes foi a trégua do bom senso. Condenada, agora, não tenhamos a menor dúvida, a família Alves, numerosa, impiedosa, truculenta, vai partir para a retaliação. E retaliação não é coisa complicada, nestas *bandas de cá*. Basta contratar um pistoleiro em Rondônia, no Sul do Pará, no interior de Mato Grosso, oferecer 300, 400 mil cruzeiros limpos, e *tá* feito o serviço.

A família Alves, onde Darly e Alvarino, irmãos, são os "chefões", estende sua rede de medo e pavor, não só no Acre, como também em Rondônia, Minas Gerais e Paraná. É claro que eles não são a cabeça da cobra, é claro que eles se apoiaram em forças muito mais poderosas, que tinham uma sustentação política e econômica por trás disso tudo, mas também não podemos minimizar a truculência desse *clã*.

São mais de 20 filhos, afora os sobrinhos, os apaniguados, os agregados, os pistoleiros de plantão. A família Alves saiu injuriada, machucada, tem no momento o seu grande *capo* atrás das grades, e certamente não vai cruzar os braços passivamente.

A imprensa recolheu suas parafernálias tecnológicas, os correspondentes estrangeiros retornaram para suas cidades, os enviados especiais se debruçarão em novas pautas. Zuza Mendes, irmão de Chico Mendes, jurado de morte por Tilinho, sobrinho de Darly Alves, e filho de Alvarino Alves — parece um texto bíblico — me dizia, logo após o julgamento: "Vou para minha roça como quem vai a uma frente de guerra. Não posso mais ficar em Xapuri, pois a temporada de coleta da castanha começou. É possível que me dê mal. Que posso fazer?"

"A vida de Genésio Ferreira", logo após o seu depoimento, dizia-me um parente dos Alves — e eles são muitos pela região toda — "não vale uma penca de banana-maçã. Pensando bem, não vale a casca de uma única banana."

A partir de agora a onça vai beber água. É a macabra temporada de caça que não respeita estação."

(Revista *Manchete*, 29 de dezembro de 1990)

Júlio Barbosa

Presidente do Sindicato dos Trabalhadores Rurais de Xapuri

No Brasil, existe um monte de ecologista que defende a ecologia, mas defende a ecologia da seguinte maneira: defende o verde, defende a não poluição das águas, defende a respiração do oxigênio puro. Mas em meio a esses ecologistas surgiu um que não foi formado em universidade nenhuma, que foi, ecologista na prática, vivendo o dia-a-dia.

Foi exatamente o Chico Mendes. Agora uma coisa que me deixa preocupado é que os jornais anunciam o Chico Mendes como o grande ecologista, o sindicalista ecologista, mas o que eu vejo é o seguinte: na história toda do Brasil nunca tinha ouvido falar que um ecologista foi assassinado. O primeiro a ser morto foi o Chico Mendes. Agora, veja bem, alguém que não foi para a universidade foi morto. Por que o Chico Mendes foi morto? Porque, mais do que ecologista, de defender o verde, defender o meio ambiente, defender a não poluição, ele defendia uma coisa muito mais importante para a classe que ele pertencia que era a reforma agrária para o trabalhador, para o seringueiro, a reserva extrativista.

A ecologia do Chico era diferente da ecologia de todo o Brasil, era uma ecologia que eu acho que todo ecologista tem que colocar na cabeça hoje, que é exatamente esta que precisa para a floresta amazônica. Um ecologista que vá lá também defender a reforma agrária. Não é só defender a não poluição, defender o meio ambiente, não! Ou defende-se a reforma agrária ou, do contrário, um dia, não vai mais ter ecologista porque vai se acabar a floresta no mundo inteiro.

Raimundo de Barros

Seringueiro, tesoureiro do Conselho Nacional dos Seringueiros

Nós, os seringueiros, continuaremos a luta, não esmoreceremos.

Podem cair mais companheiros. Eu posso ser o próximo a cair, mas nós só deixaremos de estar junto de vocês, só deixaremos de continuar lutando, no dia que seguirmos também o caminho do companheiro Chico Mendes.

Peço aos companheiros que representam entidades ou que representam a si mesmos, que estão solidários, que estão dispostos a dar o que puder de si em defesa da causa dos seringueiros, não só de Xapuri mas de toda a Amazônia, que o façam e comecem logo, tanto os companheiros do Acre, como os companheiros do Brasil e os que estão no exterior. Ajudem-nos! Nós precisamos de ajuda, precisamos da presença de vocês, precisamos de recursos, precisamos que vocês divulguem as nossas lutas onde der para serem divulgadas. São essas as minhas palavras.

Pe. Ermanno Allegri

Do Secretariado Nacional da CPT Comissão Pastoral da Terra

O assassinato de Chico Mendes corresponde ao número 90 na triste numeração de nossa pesquisa sobre a violência no campo em 1988. Uma violência com raízes profundas que vem de uma cultura coronelística, arrogante e antiga, mas que assume, hoje, o rosto "moderno" do terrorismo profissional.

A violência agora é seletiva, escolhendo a dedo as suas vítimas, na tentativa de desmantelar a organização dos trabalhadores. Atrás de assassinatos, despejos e queima de casas aparece com clareza a organização dos latifundiários, a União

Chico ao lado do vereador Alfredo Sirkis, do Partido Verde, no Rio de Janeiro, dezenove dias antes de sua morte.

Democrática Ruralista (UDR) que, por meio do discurso da livre iniciativa, tenta inutilmente esconder da opinião pública nacional e internacional a sua responsabilidade pelo atraso da reforma agrária e pelos muitos crimes no campo, inclusive o assassinato de Chico Mendes.

Igualmente responsáveis são os constituintes que votaram contra as propostas populares, adiando mais uma vez a solução de tantos problemas. Responsável é ainda o Poder Judiciário que se omite constantemente na apuração e punição dos crimes, chegando à clara e aberta conivência com o latifúndio.

E, finalmente, responsável é o governo, que encobre e alimenta com gordos incentivos fiscais aqueles que deveriam prestar contas à sociedade pela fome que vem de tanta terra improdutiva.

Nesse tempo, porém, assistimos a uma reação nova da sociedade civil. A sociedade nacional e internacional está dando um basta ao "fica por isso mesmo", encostando as autoridades na parede. A ansiedade de pessoas e organizações por uma relação respeitosa e justa na sociedade está conseguindo mudar a relação de forças.

As denúncias e os trabalhos de organização estão abrindo e conquistando novos espaços democráticos em que os trabalhadores rurais são, definitivamente, cidadãos de pleno direito. Por isso acreditamos que Chico Mendes, assassinado dois dias antes do Natal, é, para os trabalhadores, a nova estrela que aponta o caminho a seguir.

Ailton Krenak

Coordenador da União das Nações Indígenas

A melhor maneira de se entender um pouco o significado da luta de Chico Mendes é prestar atenção num pequeno episódio da nossa, índios e seringueiros, história recente. O

Acre é uma região da Amazônia onde até a década de 70 não havia qualquer reconhecimento da existência das populações indígenas. As antigas áreas indígenas das 12 tribos daquela região tinham se transformado em seringais sob controle dos coronéis da borracha e os índios em escravos destes seringais. Os seringueiros, historicamente, tinham se constituído numa espécie de guarda dos patrões no processo de domesticação dos índios e chegaram a ser aliciados para fazerem guerras punitivas contra grupos indígenas que se opunham aos patrões. Nos últimos dez anos, com a luta do movimento indígena pelo resgate de sua condição e retomada do domínio de seus territórios, o movimento dos seringueiros, liderado por Chico Mendes, teve a sensibilidade de superar esta histórica inimizade manipulada pelos patrões e lançar as bases da atual aliança dos povos da floresta, que o Chico resumia assim: "Nosso povo é o mesmo povo, nós não somos mais brancos. Temos uma cultura diferente da dos brancos e pensamos diferente dos civilizados. Aprendemos com os índios e com a floresta uma maneira de criarmos os nossos filhos. Atendemos a todas as nossas necessidades básicas e já criamos uma cultura própria, que nos aproxima muito mais da tradição indígena do que da tradição dos 'civilizados'. Nós já sabemos disto, agora o Brasil precisa saber disto. Nunca mais um companheiro nosso vai derramar o sangue do outro, juntos nós podemos proteger a natureza que é o lugar onde nossa gente aprendeu a viver, a criar os filhos e a desenvolver suas capacidades, dentro de um pensamento harmonioso com a natureza, com o meio ambiente e com os seres que habitam aqui."

Zuenir Ventura
Escritor

Chico Mendes

O país que produziu alguns dos mais famosos mitos olímpicos e dionisíacos deste século — Pelé, Tom Jobim, Ayrton Senna, Ronaldinho — criou também um herói trágico e transformou-o no proto-mártir da causa ecológica, um homem que precisou morrer para ser conhecido em sua pátria, ele que já era, como escreveu *The New York Times*, "um símbolo de todo o planeta".

De fato, o seringueiro Chico Mendes foi quem mobilizou não só o Brasil, mas também o mundo para a defesa da floresta amazônica, à qual acabaria dando sua vida. Certo de que estava marcado para morrer, ele não só denunciou a trama, como achava que morreria em vão. "Se descesse um enviado dos céus e me garantisse que minha morte iria fortalecer nossa luta, até que valeria a pena. Mas ato público e enterro numeroso não salvarão a Amazônia. Quero viver".

Ele disse isso e pouco depois, às 18h45 do dia 22 de dezembro de 1988, foi assassinado, aos 44 anos, na porta da cozinha de sua casa em Xapuri, uma pequena cidade de cinco mil habitantes no estado amazônico do Acre. "Ele vinha com as mãos na cabeça, todo vermelho de sangue", contou Ilzamar, que ouviu um estouro e correu para o marido. "Quando eu quis pegar no seu braço, ele caiu e ficou se debatendo. Aí vi que estava morrendo".

Além de 18 perfurações no braço, ele fora atingido no peito direito por 42 grãos de chumbo de uma espingarda de caça. O autor confesso do disparo, Darci, era filho de Darly Alves da Silva, o fazendeiro mandante do crime.

Só então, e diante da grande repercussão internacional, é que o Brasil começou a desconfiar, cheio de culpa, de que tinha perdido o que se custa tanto a construir: um verdadeiro líder.

Como um Gandhi dos trópicos, Chico organizou pacificamente os seringueiros para lutar pela preservação da floresta, que vinha sendo derrubada no Acre desde a década de 70 para dar lugar às grandes pastagens de gado. O movimento de resistência usava uma tática simples e eficaz: o empate, que consistia em impedir os desmatamentos, colocando os seringueiros, seus filhos e mulheres, todos desarmados, entre os peões armados de serras e as árvores.

Hábil político e homem de diálogo, Chico conseguiu também desfazer uma inimizade histórica entre seringueiros e índios, que sob sua influência se aliaram numa grande frente conhecida pelo nome de Povos da Floresta. Condecorado pela ONU e respeitado pelas organizações internacionais de proteção ao meio ambiente, Chico demonstrou que era possível promover um desenvolvimento racional para a floresta amazônica, sem transformá-la em santuário intocável, mas também sem devastá-la.

Criou para isso o projeto de reservas extrativistas, espaços para garantir os direitos mínimos que os seringueiros nunca haviam tido: escola, postos de saúde, melhores condições de comercialização de seus produtos, maior produtividade de extração, segurança contra as ameaças de expulsão dos latifundiários.

Chico sabia que precisava de aliados, não podia ficar isolado em Xapuri lutando contra poderosos interesses de fazendeiros e pecuaristas. Alguns antropólogos e representantes de entidades ambientalistas dos Estados Unidos e da Europa se encarregaram de projetá-lo no circuito internacional.

Em 1987, ele foi o primeiro brasileiro a receber o prêmio Global 500 das Nações Unidas, em Londres. No ano seguinte foi convidado a participar da reunião do Banco Interamericano de Desenvolvimento.

Com a mesma desenvoltura com que andava nas ruas toscas de Xapuri ou pelas espessas florestas amazônicas, Chico passou a se movimentar por cidades como Nova York, onde chegou a se hospedar no mesmo hotel em que estava o então presidente Ronald Reagan. Os convites de viagens se sucediam e sua causa ficou sendo conhecida no mundo.

Na reunião do Bird, ele convenceu os conselheiros do banco a suspender os financiamentos para a construção de uma grande rodovia no Acre, argumentando que sem as devidas precauções ambientais a iniciativa seria um atentado à floresta, aos seringueiros e aos índios.

Se por um lado o prestígio externo reforçou a sua luta interna, por outro, pode ter contribuído para sua desgraça. Aplaudidas pelo Bird, pelo BID e pelo Congresso americano, suas idéias enfrentavam a oposição violenta dos latifundiários, dos madeireiros e dos grandes projetos agropecuários que vivem do desmatamento desordenado da Amazônia.

A fama que ele alcançara junto a instituições e entidades estrangeiras, o seu carisma, tudo isso aliado aos incômodos empates que organizava em Xapuri, devem ter dado a seus inimigos a certeza de que a única maneira de barrar sua ação catalisadora era a morte.

Por isso ele sabia que ia ser assassinado e denunciou incansavelmente a ameaça. "Não quero flores no meu enterro, pois sei que vão arrancá-las da floresta", escreveu no dia 5 de dezembro numa mensagem-despedida. "Quero apenas que meu assassinato sirva para acabar com a impunidade dos jagunços, sob a proteção da Polícia Federal do Acre e que, de 1975 para cá, já mataram mais de 50 pessoas".

Poucas vezes a polícia brasileira contou com uma lista tão completa de acusados, fornecida pela própria vítima. Nem isso, porém, serviu para impedir a morte anunciada.

Chico Mendes acertou quando anunciou que ia ser morto, mas errou ao achar que sua morte poderia ser inútil. Se ela não salvou a Amazônia, serviu pelo menos para intensificar o debate planetário sobre o destino da região. E mais: esse assassinato — antecedido por dezenas de execuções de

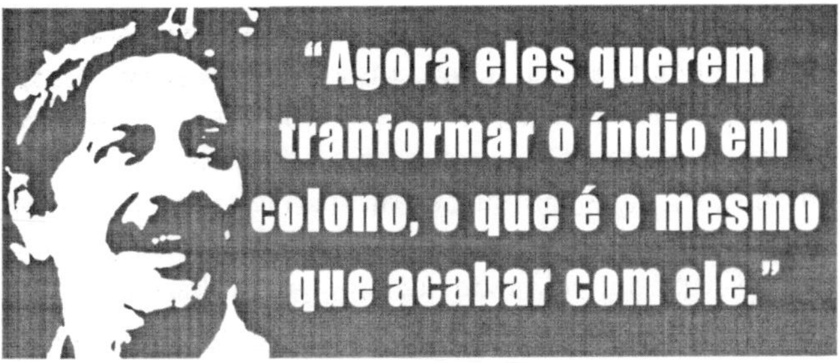

outros líderes rurais — terá servido para denunciar que em um rico e extenso país ainda se mata por questões de terra.

Aquele estouro que Ilzamar ouviu chegou ao mundo todo. Nunca um tiro dado no Brasil ecoou tão longe.

(Visão [Lisboa], série "Heróis e ícones do século", 19/8/99)

Maria Alice Mariano
Jornalista

"Sobre a mesa da cozinha, a página do diário em branco marca o dia 22. O jogo de dominó era seu único *hobby*. A toalha de banho, ganha no último aniversário (15 de dezembro), seria usada pela primeira vez quando aconteceu a tragédia. A mochila foi sua companheira de todas as horas. Na parede, o retrato a óleo do brasileiro que ganhou dois prêmios internacionais de ecologia e acabou vítima de pistoleiros. Francisco Alves Mendes Filho era, de certa forma, um pedaço vivo do Acre, onde seus bisavós e avós lutaram entre 1902 e 1903 e onde ele próprio começou a trabalhar ao lado do pai no Seringal Cachoeira, onde nasceu.

(...) A borracha levou milhares de nordestinos para o Acre: sua matéria-prima é o látex, um leite extraído das seringueiras. Este *leite-ouro* foi e é o responsável pela saga dos seringueiros, uma história de escravidão, luta e mortes. Do início deste século até alguns anos atrás, o seringueiro era visto como uma máquina de fabricar borracha. Desafiava a floresta virgem, enfrentava as feras, as doenças e os ataques dos índios, tudo para armar sua barraca nas estradas de seringa. E sempre sob o olhar fiscalizador do patrão — uma espécie de coronel abastado que usava um brilhante no dedo e era dono de uma mansão em Belém, Manaus ou Fortaleza, onde se abrigava no inverno, quando a seringa era suspensa.

O seringueiro, que sonhava com dias melhores, trabalhava em troca da subsistência: o dono do seringal anotava sua produção e a trocava por mercadorias. A exploração era tão grande que eles pagavam até uma taxa para usar os caminhos da floresta. E, enquanto o patrão descansava à espera do próximo verão, seus *escravos* se embrenhavam mata adentro, procurando novas estradas de seringa. Eram mateiros, que conheciam bem a selva, que comandavam este trabalho, orientando os outros no intricado de caules e cipós. O mateiro ia acompanhado do *toqueiro*, um homem que ficava sentado num toco de árvore esperando o aviso da descoberta de uma nova seringa. O que o mateiro fazia batendo numa sapopema ou, se estivesse muito longe, com um tiro de rifle.

Uma estrada de seringa pode ter de 150 a 180 árvores. Até 200, são excepcionalmente boas de leite e, por isso mesmo, chamadas *seringalão*. Basta um corte de 40cm com a *cabrita* (espécie de faca) para que o látex escorra. Cada árvore tem um lugar certo para cortar. A operação dura meses até completar uma *bandeira* — 30 a 40 cortes, um embaixo do outro. O seringueiro retira o leite (uma goma branca) que escorre do talho numa tigela. Três dias depois, já coagulado, o látex está pronto para ser vendido. Chico Mendes fez este trabalho até março de 1988, no Seringal Cachoeira, onde nasceu. Foi dali que emergiu o ecologista e líder sindical."

(Revista *Manchete*)

Chico Mendes

"Pele cor de mate, barriga saliente, bigode mexicano e nome que lembra o rei da voz dos anos 40, o cidadão Francisco Alves Mendes Filho, o Chico Mendes, sempre viveu em casa de madeira com chão de terra, só aprendeu a ler e escrever com 24 anos, vestiu o primeiro terno depois de ter passado dos 40, nunca teve automóvel nem telefone. A partir desta semana, a vida e a tragédia desse brasileiro estará no centro das atenções internacionais — em Nova York e em Tóquio, em Paris e na Dinamarca. Às 8h da manhã de quarta-feira tem início, em Xapuri, lugarejo com 28 ruas e 5 mil habitantes a 180 quilômetros de Rio Branco, no Acre, o julgamento de duas pessoas acusadas de planejar e consumar seu assassinato, com uma carga de escopeta, três dias antes do Natal de 1988.

Chico Mendes teve uma existência idêntica à de tantos brasileiros nascidos no desamparo e fez carreira como líder dos seringueiros num ponto remoto da floresta amazônica. Morreu com o corpo cravejado com mais de 40 perfurações de bala e como uma espécie de santo padroeiro dos movimentos ecológicos — e o julgamento de Xapuri já assumiu as proporções de tributo a um herói.

Desde a semana passada, personalidades do mundo inteiro começaram a desembarcar em Xapuri — a contabilidade final, entre políticos, ecologistas, antropólogos e jornalistas, pode chegar a 2 mil pessoas. Dos Estados Unidos virão equipes do *The New York Times*, o jornal de maior prestígio no planeta, e da rede de televisão CNN, que irá transmitir ao vivo as imagens do julgamento para as platéias de todos os continentes. Da Inglaterra virão uma equipe do *Times* e outra da BBC, a principal emissora inglesa. De outros países europeus chegarão equipes independentes de documentaristas.

Em escala nacional, a mobilização também promete. Do

Rio de Janeiro partirá uma caravana liderada pelo ator Antonio Grassi, da TV Globo, que é namorado de Lilibeth Monteiro de Carvalho, primeira mulher do presidente Fernando Collor. De São Paulo sairá uma excursão sob o comando de Luís Inácio Lula da Silva, padrinho do PT, legenda à qual Chico Mendes era filiado. O Palácio do Planalto também escalou seu representante — será o delegado Romeu Tuma, diretor-geral da Polícia Federal. Com exatamente 99 cadeiras, os poucos lugares disponíveis na sala do tribunal de júri de Xapuri estarão reservados para personalidades que conseguiram suas reservas com bastante antecedência. Os demais irão acompanhar o julgamento através de um telão que a prefeita de São Paulo, Luiza Erundina, mandou instalar num circo armado na praça principal da cidade.

(...) — Nunca na história de Justiça brasileira o desfecho de um julgamento chamou tanto a atenção internacional como agora. "É um julgamento histórico", afirma o antropólogo Stephan Schwartzman, do Fundo para a Defesa do Meio Ambiente, entidade ecológica com sede em Washington.

"Chico Mendes foi para os grandes fazendeiros da Amazônia aquilo que Lech Walesa representou para os burocratas que administravam o Porto de Gdansk", afirma o escritor americano Andrew Revkin, autor de *Tempo de Queimada — Tempo de Morte*, o melhor livro já publicado sobre o drama da devastação da Amazônia e a tragédia de Chico Mendes. A sala do tribunal de júri de Xapuri é igual à de tantas cidades pequenas e pobres do país, onde não existem cinemas nem restaurantes, mas apenas pensões e pousadas modestas. Não há ar condicionado — a umidade é grande e a temperatura, nesta época do ano, bate nos 40 graus. É ali, em dois bancos de madeira, que irão sentar-se os réus. Um deles é Darci Alves da Silva, 22 anos. O outro, Darly Alves da Silva, 53 anos seu pai.

(...) — O aspecto mais curioso deste julgamento reside,

no entanto, em sua capacidade de chamar a atenção de platéias do mundo inteiro para o cidadão Chico Mendes, nascido numa família de oito irmãos num seringal nas cercanias de Xapuri — até então, a mais ilustre personalidade do lugar era o atual ministro da Justiça, Jarbas Passarinho, que dali se mudou, com a família, aos 3 anos. Depois de sua morte, Chico Mendes tornou-se um nome familiar junto a senadores americanos, intelectuais da Sorbonne e motoristas de táxi de Roma. Já existe uma linha de montagem para a produção de suas biografias em diversos lugares do mundo e, para comprar os direitos de filmar a tragédia, o produtor inglês David Puttnam, que fez *A Missão*, desembolsou a bagatela de 1 milhão de dólares. Hoje, Chico Mendes é provavelmente o brasileiro mais conhecido no mundo, depois de Pelé."

(Revista *Veja*, 12/12/90)

Chico Mendes, pelo seu trabalho, foi considerado pela ONU, como um dos mais importantes defensores da natureza no ano de 1987.

CHICO MENDES

Reportagem

A Amazônia de Chico Mendes

Em Xapuri, Chico ainda está vivo

Um mês após a morte de Chico, sua presença é mais forte do que nunca em Xapuri. O único patrimônio que legou à família — sua casa de madeira, de três cômodos, comprada com a ajuda dos amigos por Cz$ 300,00 — foi transformada em uma fundação. Mas quem passa por ali, a cem metros da delegacia de Xapuri, tem a impressão de vê-lo na janela: seu retrato a óleo foi pendurado na parede defronte para a rua. Foi lá mesmo, na porta dos fundos, que um tiro de escopeta calibre 20 o abateu. Ilzamar, 24 anos, lembra o último dia do marido: "Chico adorava jogar dominó. Estava jogando desde as quatro da tarde. Às 18h30 pedi que ele parasse o jogo, porque queria servir o jantar. Então ele se levantou da mesa, disse que ia tomar banho e me perguntou se podia usar a toalha que tinha ganho no dia de seu aniversário (15 de dezembro). Eu disse que sim, ele pegou a toalha e saiu em direção à porta. Abriu uma brecha, viu que estava escuro e voltou: 'Estes caras podem estar me tocaiando.' Pegou a lanterna e, quando abriu a porta menos de dois palmos, atiraram nele."

Queimadas, madeireiras e o pasto: as três *bestas* do apocalipse Amazônico

Com o projeto de colonização do Acre, em 1970, começou a violência. Os agricultores do Sul chegaram para explorar a terra, substituindo os seringais por fazendas. Segundo os seringueiros, até 1975, vieram abaixo 180 mil seringueiras e 80 mil castanheiras, num total de 1,5 milhão de árvores só em Xapuri. A cidade onde morreu Chico Mendes, a 180 quilômetros de Rio Branco, viu irem embora 10 mil famílias de seringueiros, que acabaram como favelados na periferia da capital do Acre ou na Bolívia.

Nessa época tiveram início os movimentos contra as derrubadas. Nasceu o Sindicato dos Trabalhadores Rurais de Xapuri, tendo à frente o ecologista e seringueiro Chico Mendes. Partiu dele a reivindicação de posse dos seringais: a reserva extrativista, dizia Chico, devia pertencer ao seringueiro e não ao seringalista. Além disso, Chico começou a pensar em dar melhores condições de vida ao seringueiro: ele queria escolas, postos de saúde, a viabilidade econômica das reservas extrativistas. Quem fala sobre estes tempos é um dos grandes amigos do líder sindical, Júlio Nicácio, 26 anos, que foi seu ex-assessor e hoje é um dos três vereadores de Xapuri eleitos pelo PT: "Não há como definir o que Chico deixou para seus companheiros. A gente não sabia de onde vinha tanta força e tanta liderança de uma pessoa tão simples. Chico não tinha formação cultural: ele aprendeu a ler e escrever quando estava refugiado no Seringal Cachoeira, e tinha 10 anos. Em 1977, quando Chico morava na divisa de

Xapuri com Brasiléia, fronteira com a Bolívia, fundou o Sindicato dos Trabalhadores Rurais. Em 1978, foi eleito vereador de Xapuri pelo PT e, desde então, ficou mais ligado à cidade. Em 1982, quando seu mandato terminou, ele começou a organizar as delegacias sindicais: uma em cada seringal. E, em 1983, começou com o *empate*. Ou seja, 100 a 200 seringueiros iam para a frente da mata, onde haveria a derrubada, postando-se à frente das máquinas para impedir que as árvores viessem abaixo. Então começaram os conflitos entre Chico e os irmãos Darly e Alvarino Alves, os fazendeiros que compraram 6 mil hectares do Seringal Cachoeira, numa área que fora desapropriada e transformada em Reserva Extrativista, graças à pressão de Chico."

O trabalho de Chico incomodou e frutificou: o ecologista descobriu que Darly e Alvarino eram foragidos da Justiça no Paraná e tinham praticado vários crimes com requintes de perversidade; em 1984, o Sindicato dos Trabalhadores Rurais de Xapuri já possuía 300 filiados e hoje tem 4 mil. Raimundo Mendes de Barros, 43 anos, o seringueiro que hoje preside a Federação Nacional dos Seringueiros e era primo de Chico, esteve esta semana em Washington, nos EUA, onde o líder sindical morto foi homenageado numa cerimônia nas escadarias do Capitólio, pelo Congresso americano. Ele, que também é vereador pelo PT em Xapuri, emocionou a todos quando denunciou "o capitalismo selvagem do Brasil". Além de primo, Raimundo era amigo íntimo de Chico e partilhava de suas idéias, pelas quais continua lutando. Quando fala sobre o amigo, diz: "Chico está vivo e a luta continua. Ele nos deixou uma herança muito rica: a consciência de que o seringueiro tem valor e direitos sobre as terras acreanas. Foram nossos antepassados que lutaram por essa terra. Eles se juntaram ao pioneiro Plácido de Castro e tomaram essas terras da Bolívia em 1902 e 1903. O seringueiro é o maior ecologista, ele derruba por ano cerca de meio hectare, só mesmo o necessário à sua sobrevivência.

"No lugar do filho do seringueiro ir pra escola, ele tinha que ii pra seringa pra poder fazer mais borracha e aumentar a produção do seringal."

"Chico veio ao mundo para deixar uma coisa muito importante: o conhecimento que ele aprendeu com o sofrimento das lutas com os companheiros, para que possamos conseguir uma sociedade mais justa, um mundo melhor." Raimundo foi cogitado para ocupar o lugar do primo no sindicato, mas acha isso quase impossível: "Não existe ninguém preparado para assumir o trabalho desenvolvido por Chico, principalmente com a sua capacidade de liderança. Tecnicamente, sim. E é isso que a gente vai tentar."

Uma coisa é certa: a exemplo de Chico, Raimundo também ama aquele mundo. O seringal, para ele, não tem segredos: "Ali o rádio são os pássaros da floresta e é no igarapé que encontramos o alimento e tomamos banho com a família. Não é como na cidade, que falta água... Além disso, dispomos de uma alimentação natural, à base de verduras, que cultivamos em pequenas hortas. Mas comemos também carne de paca, um animal que pesa 8 quilos, e de *capelão*, um macaco vermelho que é cozinhado na água da castanha."

Em São Luís do Remanso, festa, churrasco e lambada na inauguração da escola Chico Mendes

O seringal é um mundo à parte, desconhecido pelo homem da cidade. As casas, feitas de madeira cumaru-de-cheiro (conhecida no Sul como cerejeira), ficam distantes umas das outras cerca de 15 a 30 minutos, existindo algumas a até duas horas de distância. São construídas nas *colocações* — regiões que agrupam algumas moradias — e cada colocação tem um nome. Quando promovem reuniões para discutir assuntos sindicais, o aviso é feito de boca em boca. Nessas ocasiões, vai a família inteira (se a reunião acontece na sede do sindicato, na cidade, alguns levam até galinhas para vender: como o contato entre eles é difícil, aproveitam a oportunidade para comerciar). A prioridade dos encontros é a discussão sobre a sobrevivência do seringueiro: discutem a conservação dos caminhos, a criação de escolas cooperativas, a necessidade de postos de saúde, por exemplo. Para iluminar as estradas da seringa e as casas, usam *porongas*, uma espécie de vaso feito de flande, em que o seringueiro, depois de emendar e soldar a folha em forma afunilada, coloca um bocal com pavio de lamparina. Além disso, usam também o *murrão* (lamparina feita com um pedaço de taboca), o facho e a lanterna, quando saem à noite para caçar.

Hoje, graças às propostas das Reservas Extrativistas criadas por Chico Mendes, o seringueiro trabalha até 10 horas por dia na sua colocação. Mas tem certeza de que não precisa dividir sua produção com ninguém. No Seringal de São Luís do Remanso, de 42 mil hectares, onde o seringueiro Valério da Silva vive com a mulher Maria Pereira trabalhando na roça da colocação Centro Virgem, o depoimento da mulher dá bem idéia do que Chico fez pela região: "A gente vive feliz, com nossa filha de 4 anos, trabalhando na roça, criando bicho, quebrando castanhas e extraindo o látex da seringueira.

Se não fosse o Chico, essa colocação já estaria derrubada. E foi aqui que, no dia 15 de janeiro, a gente pôde ver realizado o sonho dele, quando inauguramos a Escola Chico Mendes. Ele prometeu que ia construir e cumpriu.

"A escola não é só para crianças; é pra todo mundo. Eu mesma quero aprender a ler e escrever, para depois ensinar a quem não sabe", conta Maria, com lágrimas nos olhos. Como ela, o povo da Reserva Extrativista São Luís do Remanso tem verdadeira veneração pelo seringueiro morto. Apesar de sentirem demais sua falta, ficaram tão felizes com a inauguração da escola que, naquele dia, a festa começou cedo e só terminou à noitinha: pela manhã os seringueiros mataram e limparam o boi do churrasco e de tardinha, continuando a festa, dançaram lambada.

Vendo a felicidade de Maria e Valério, não há como esquecer a vida de Chico. Ele e Ilzamar se encontraram pela primeira vez no Seringal Santa Fé, quando ela tinha apenas 9 anos e Chico já trabalhava cortando seringa com seu José Moacir, o pai da menina que um dia seria sua mulher. Mas os dois só tornaram a se ver oito anos mais tarde: "Eu tinha 16 anos quando encontrei o Chico num forró, na casa do Pedro Rocha. Foi um namoro sério. Depois de dois anos a gente se casou no Fórum de Brasileía, cidade que fica na fronteira com a Bolívia, distante 72 km de Xapuri, onde viemos passar nossa lua-de-mel. Nosso casamento foi muito feliz. Chico era um pai dedicado e muito carinhoso. Sempre estava de bom humor e levava tudo na brincadeira. Vivia sempre acalmando os amigos. A única coisa que tenho a reclamar é que, por causa de seus compromissos de trabalho, ele passava muito tempo fora. Dificilmente ele passava oito dias em Xapuri. Nos últimos tempos, então, o máximo que a gente conseguia ficar juntos eram dois ou três dias", lembra Ilzamar. Passando a mão na cabeça dos filhos — seus nomes, Elenira e Sandino foram escolhidos por Chico numa homenagem à guerrilheira do PCdoB que morreu no Araguaia, nos anos 70, e ao líder nicaragüense Augusto Sandino —, ela confessa: "A gente se amava muito. Éramos apaixonados um pelo outro..." Depois, menos emocionada, continua: "Chico não gostava de luxo nem tinha mordomia em relação à comida. Gostava mesmo era de comer farofa com carne de tatu frita. Não gostava de beber nem de diversão. Vida social, então, nem pensar. Um de seus hábitos era comer sentado no chão, com as crianças em roda. Mas ele gostava de dormir tarde, lá pelas dez, onze da noite, ficava assistindo a filmes na televisão, principalmente os de guerra. Mas, por mais tarde que fosse deitar, sempre acordava cedo; 4h30 Chico já estava de pé e ficava então brincando com as crianças, na cama. Meu marido também gostava de ler (na estante da sala podem ser vistos os livros e autores mais variados: *A Insustentável Leveza do Ser*, de Milan Kundera; *Terra Caída*, de José Potiguara; os *best-sellers* de Sidney Sheldon, ao lado de livros como *Santo Daime*, *Amazônia Brasileira* e a coleção da História da República). E o Hino do Seringueiro era sua música favorita. Um de seus sonhos antes de morrer era quebrar castanha durante dois meses, no início do ano. O outro era voltar a morar no seringal por uns tempos. Ele chamava nossos filhos de uma maneira toda especial: a Elenira, de 'minha velha' e o Sandino, de 'meu velho'. Ele parava pouco em Xapuri, porque estava sempre dando palestras no exterior. Mas quando ficava em casa dedicava todo o seu tempo à família. Ultimamente isso era difícil acontecer.

Em Xapuri, do padre aos líderes rurais, todos comungam as idéias de Chico

Xapuri tem 100 anos. Mas foi nos últimos seis que viu construídas, pelo Sindicato dos Trabalhadores Rurais, suas 20 melhores escolas. Para o homem do campo, isso significa muito: é através do estudo que sua vida pode tomar outros

The New York Times

NEW YORK, THURSDAY, DECEMBER 13, 1990

razilian Stuns Courtroom: 'I Killed Chico Mendes'

Le Monde

Brésil : la lutte pour la forêt en Amazonie

Le procès des assassins de Chico Mendes, qui s'ouvre le 12 décembre, remet en lumière le combat des « seringueiros » contre les « fazendeiros »

BRASILEIA (Acre)

de notre envoyé spécial

O julgamento da morte de Chico Mendes foi motivo para a imprensa internacional denunciar a exploração desenfreada da Amazônia.

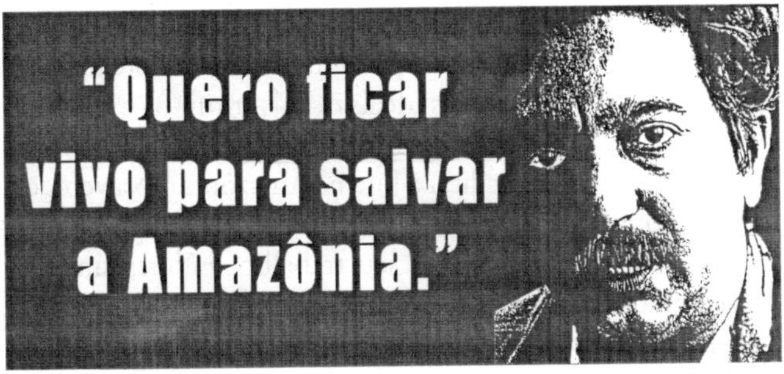

rumos. Além disso, com a instalação de cooperativas, o sindicato proporcionou melhores condições econômicas ao trabalhador. Também os postos de saúde do município foram criados pelo sindicato. E mais: numa terra onde o machismo impera, o sindicato deu origem a um movimento de mulheres. O ex-Padre Gilson Pescador, que foi vigário da Matriz de Xapuri entre 1986 e 1988, foi o primeiro padre a subir num palanque ao lado de Chico Mendes para denunciar as ações dos fazendeiros latifundiários e da UDR, dizendo que a Igreja apoiava o trabalho dos seringueiros em defesa da terra e da própria sobrevivência. Por isso mesmo, sofreu várias ameaças e foi chamado de *padre comunista*. Ele, que atualmente é casado e coordena o Projeto Seringueiro de Educação Popular, além de ser o vice-presidente provisório da Fundação Chico Mendes, deixou a Igreja para continuar seu trabalho de base: "Achei que era melhor avançar sem a instituição do que ficar limitado a ela." O atual vigário, Luiz Ceppi, um italiano nascido em Milão, embora continue atrelado à Igreja, comunga dos ideais de Gilson Pescador: sua contribuição ao movimento de luta dos trabalhadores é muito importante. É ele quem diz: "Em minha terra participei de toda a problemática do movimento ultra-esquerda e trabalhei num movimento contra a violência. Vim para o

Brasil motivado pelas marchas do Terceiro Mundo. Chico, além de ter organizado o único sindicato puro deste país, era um homem firme nos seus ideais e sabia intuir os caminhos. Na vida e na morte, Chico Mendes quebrou a barreira do isolamento. Isso vai facilitar a luta na Amazônia." Na verdade, hoje, Xapuri vive em função das idéias de Chico e todos querem dar continuidade a seu trabalho. Líderes sindicais como Júlio Barbosa (ele é o atual presidente do sindicato) e vereadores petistas como Júlio Nicácio e Raimundo Mendes de Barros nutrem seu mesmo sonho: os inimigos de Chico não conseguiram silenciar sua voz.

O "Gandhi dos seringais" legou a Xapuri a arma da resistência pacífica

Xapuri, distante 180 quilômetros de Rio Branco, não é mais a pacata cidade de antes. Embora seus 5 mil habitantes (90% deles são seringueiros) não tenham perdido a fé nem a alegria, há um clima de revolta e expectativa no ar. A rua Major Salinas, a principal da cidade, vive cheia de fotógrafos e repórteres da imprensa nacional e internacional. Todos acompanhando a Operação Varredura, uma integração das Polícias Militar, Civil e Federal para colocar atrás das grades Alvarino Alves (irmão de Darly, o outro mandante que se entregou), os pistoleiros Amadeus, Sérgio e Antônio ou Jardeir (os irmãos Mineirinhos). Desde o assassinato de Chico, o que mais se vê pela BR-317 — estrada que liga Rio Branco a Xapuri — são carros de jornalistas atolados na lama e camburões transitando de um lado para outro: os policiais se embrenham diariamente pelas matas, vasculhando 20 fazendas onde muitas vezes são recebidos a tiro, como aconteceu na Fazenda Paraná, de propriedade do latifundiário Darly Alves da Silva (ele tem 2 mil hectares de terra e 1.500 cabeças de gado).

Os agentes da polícia, que muitas vezes precisam se disfarçar de seringueiros, não conseguem mais esconder o cansaço e a tensão. Seus ombros já não agüentam o peso dos fuzis, metralhadoras, escopetas, revólveres e bombas de gás lacrimogênio. Como nos filmes de ação, eles carregam nas costas um verdadeiro arsenal de guerra dentro da floresta amazônica. Entretanto, apesar de tamanho aparato, não aconteceu nenhuma prisão: Darly e seu filho Darci se entregaram à polícia; Oloci, o outro filho de Darly implicado no crime, foi capturado em Rio Branco por denúncia da atriz Lucélia Santos (ela cruzou com a camioneta dele na estrada).

Apesar da movimentação estranha e da revolta dos moradores, a população de Xapuri não perde o pique. Todos querem dar continuidade ao trabalho desenvolvido por Chico desde 1976, quando ao lado de outros companheiros obteve 15 vitórias nos 45 empates que realizou. A última foi em defesa de um castanhal, a 30 quilômetros da cidade. O seringueiro, que recebeu dois prêmios internacionais de ecologia — o Global 500, da ONU, e outro, da Sociedade Para Um Mundo Melhor, na Inglaterra —, conseguiu estas láureas usando um lema: resistência pacífica. Não é à toa que muitos hoje se referem a ele como o "Gandhi dos Seringais". A Fundação Chico Mendes, além de cultuar a memória do líder sindical assassinado, tem como objetivo maior as reservas extrativistas: quer continuar fazendo empates, defendendo o interesse dos seringueiros e a preservação do meio ambiente. A Fundação já se comprometeu a realizar atividades de caráter econômico, social e cultural, sempre visando os povos da floresta: os seringueiros e os índios.

À frente da Fundação Chico Mendes, o ex-Padre Gilson Pescador é uma das pessoas mais visadas pelos inimigos da região (dizem que será o próximo a ser morto). "Estou ameaçado porque represento para eles uma pessoa culta que optou pelos miseráveis." Gilson, que é também um dos militantes do PT mais conhecido no Acre, foi candidato a prefeito em

"A Reserva Extrativa é a única saída para a Amazônia não desaparecer."

Xapuri e, conforme diz, teve os votos mais conscientes da cidade: "Chico apoiava minha candidatura. Ele sabia de minhas preocupações com a ecologia e minha linha política.

"Votaram em mim a classe média e os seringueiros. Não tenho dúvida: agora, depois do assassinato de Chico, mais que nunca é preciso que o seringueiro se organize e fortaleça seu movimento para defender a floresta e seus direitos. Essas foram as últimas palavras de ordem que ouvi dele durante uma reunião de programação das festas de fim de ano, no sindicato. Chico, além de ser um grande líder, era uma espécie de pai que irradiava amor. Na fundação queremos, além de preservar sua memória, continuar a lutar em defesa da Amazônia."

Os assassinos do líder dos seringueiros não podiam contar que a morte de Chico iria extrapolar as fronteiras do Acre e mobilizar a comunidade internacional. A memória de Chico Mendes é hoje patrimônio universal: "Se eles mataram meu marido pensando que vão derrubar a mata estão muito enganados", diz resoluta Ilzamar Gadelha Mendes, ela própria disposta a levar avante a luta de Chico ("não vou ser ou fazer igual a ele, mas vou imitá-lo; acabaram com meu companheiro, mas eu não vou me intimidar"). A mãe de Elenira e Sandino tem razão: embora sejam muitos os jurados de morte em

Xapuri, dificilmente os opositores e inimigos de Chico Mendes terão sucesso em suas empreitadas: morto, Chico tornou-se mais forte e mais vivo que nunca. Agora, o mundo inteiro está de olho na Amazônia: a vinda dos congressistas americanos ao Brasil é a prova maior.

O assassinato de Chico abriu os olhos do mundo para a questão Amazônica

No último dia 16 de janeiro desembarcou em Rio Branco uma comitiva de políticos norte-americanos, chefiada pelo senador democrata Timothy Wirth, do Estado do Colorado. Ele é integrante do Comitê de Energia e Recursos Naturais do Senado dos Estados Unidos e fez questão de vir ao Brasil para se inteirar *in loco* sobre a morte de Chico Mendes. Por coincidência, Romeu Tuma, o diretor da Polícia Federal, tinha desembarcado minutos antes: fora saber em que pé andava a Operação Varredura. Ao lado de José Castelo Branco, o secretário de Segurança Pública do Acre, Tuma disse: "A Polícia Federal só está dando apoio. Acho importantíssimo que Alvarino e os Mineirinhos sejam encontrados vivos. Porque, mortos, não poderão esclarecer as dúvidas."

Dúvidas é que não faltam ao senador Timothy e sua comitiva. No Palácio Rio Branco, eles questionaram o governador Flaviano Melo não só sobre a captura dos assassinos de Chico: queriam saber sobre questões ambientais, reservas extrativistas e a construção da rodovia 364, para ligar o Estado do Acre ao Peru. Os membros da delegação americana indagaram ao governador se o Acre tem um planejamento para a proteção do meio ambiente. Depois de ouvirem de Flaviano Melo que este plano ficará pronto até o mês de março, o senador Albert Gore, do Tennessee, declarou no Comitê Chico Mendes: "Pessoalmente estou de acordo que o governo dos Estados Unidos não libere mais nenhuma verba para o asfaltamento de qualquer rodovia, antes que sejam tomadas medidas objetivas de proteção ao seringueiro, ao índios e à floresta." Embora tenham procurado deixar claro que não vieram ao Brasil fazer investigação sobre a morte de Chico Mendes, John Heinz, senador de Minnesota, declarou: "Comparo Chico Mendes a líderes como Martin Luther King e John Kennedy. Robert Kennedy falava da necessidade de existir alguém como Chico Mendes, uma pessoa que luta por uma causa e leva um pouco de esperança." Os senadores foram embora e, de volta aos Estados Unidos, homenagearam o seringueiro, no último dia 25, na escadaria do Capitólio, sede do Congresso americano.

Naquele dia, cinco senadores e mais oito deputados reuniram-se aos diretores das maiores organizações ecológicas dos EUA e a outras 250 pessoas para reverenciar Chico Mendes. Seu primo, Raimundo Barros, presidente da Federação Nacional dos Seringueiros, esteve lá e pôde ouvir a resolução conjunta do Senado e da Câmara em repúdio ao crime: "O Congresso reconhece no assassinato de Mendes uma profunda perda para todos os que se preocupam com a questão global do meio ambiente... e exorta o secretário de Estado a expressar ao governo brasileiro o desejo do povo americano de ver os responsáveis pelo crime serem entregues à Justiça."

Homenagens à parte, os americanos estão atentos à questão amazônica. A deputada Nancy Belloski, do comitê de bancos da Câmara, foi incisiva: "Nós vamos cuidar para que nenhum empréstimo de bancos americanos ou instituições multilaterais, como o Banco Mundial, tenha qualquer ligação com a devastação da natureza no Brasil." O senador Bob Kasteen, republicano de Wisconsin, excitado, chegou a extrapolar: "O futuro da floresta tropical deve ser uma causa nossa. Porque ela não é a floresta tropical do Brasil, mas nossa, de todo o mundo, e nós temos o dever de incluí-la em nossas políticas ambientais." Mais equilibrado, o diretor da Agência de Proteção ao Meio Ambiente do governo americano, William Reilly, afirma: "A Amazônia só sobreviverá se encontrarmos soluções de longo prazo para ela. E essas só acontecerão na medida em que sejam criadas a partir da própria sociedade brasileira, que é quem controla a floresta. O que podemos oferecer nesta luta é o nosso conhecimento e a nossa colaboração."

Raimundo, primo de Chico, ouviu tudo isso emocionado. Quando foi levado a uma sala no Capitólio, para assistir à última entrevista de Chico Mendes gravada em vídeo, escapou dos congressistas, foi para um canto e, abraçado à mulher, não conseguiu conter as lágrimas. Embora para ele o companheiro e amigo não tenha desaparecido — "Meu primo está vivo e a luta continua, porque não o considero material" —, "é duro constatar que foi necessário seu desaparecimento para que os seringueiros tivessem vez". O "Gandhi dos seringais" precisou virar mártir para dar voz a seu povo.

Chico Mendes inspecionando os danos causados numa clareira.

Em São Paulo sob proteção policial.

A morte anunciada

Dentro da onda da violência e impunidade que marca o país, o assassinato de líderes sindicais começa a fazer parte do cotidiano das notícias. É neste cenário que se inscreve a morte de Chico Mendes. No Acre, desde maio de 1988, acumulou-se uma série de crimes não apurados devido ao descaso das autoridades: em 26 de maio, dois seringueiros foram baleados durante manifestações no prédio do IBDF, em Xapuri, por dois pistoleiros que fugiram de motocicleta. Foram identificados posteriormente por testemunhas, mas o inquérito policial não acompanhou todos os fatos. As suspeitas recaíram em Darly e Alvarino Alves da Silva; em 17 de junho, o dirigente do Sindicato de Xapuri e candidato a vereador do PT, Ivair Higino de Almeida foi assassinado.

Os suspeitos foram identificados como Cícero Tenório Cavalcante e os sobrinhos de Darly Alves da Silva. O inquérito não apurou a autoria do crime; em setembro, outro seringueiro foi assassinado no município de Xapuri e apareceram como suspeitos, filhos e parentes próximos de Darly e Alvarino.

O caso não foi apurado; ainda em setembro, dois corpos foram encontrados ao lado da casa da sede da fazenda de Darly. Ele próprio comunicou o fato à polícia, que fez o sepultamento na própria fazenda sem proceder ao exame. Posteriormente a polícia fez a exumação dos cadáveres e levou uma equipe médica de Rio Branco para fazer os exames, visto que os médicos locais se recusaram a atestar a "causa mortis".

Os crimes também não foram apurados; em 26 de setembro, a Polícia Federal do Acre recebeu carta precatória originária da Comarca de Umuarama, no Paraná, com o fim de efetivar a prisão preventiva de Darly e Alvarino. Na tarde de 27 de setembro,Chico Mendes testemunhou a presença de Darly em frente à Polícia Federal. De um hotel próximo ao local, Chico telefonou imediatamente pedindo a prisão de Darly. Nada foi feito. A carta só foi enviada ao juiz de Direito da Comarca de Xapuri no dia 13 de outubro. Os mandados de prisão foram executados no dia 19 de outubro mas os fazendeiros fugiram; 17 de novembro, Chico Mendes denunciou ao juiz da Comarca por carta, que Darly e Alvarino estavam tramando seu assassinado. No mesmo mês e com o mesmo teor, ele escreveu carta ao secretário de Segurança Pública, ao Governo Estadual e ao Superintendente da Polícia Federal; em 29 de novembro, o Sindicato de Brasiléia remeteu telex ao governador Flaviano Melo, ao diretor geral da Polícia Federal, Romeu Tuma e ao Secretário da Segurança Pública, denunciando ameaças de assassinato de trabalhadores rurais em Xapuri e Brasiléia. Não obteve resposta. Em 5 de dezembro, os sindicatos de Brasiléia e Xapuri, o Conselho Nacional dos Seringueiros e o Centro de Trabalhadores da Amazônia remetem novamente telex a essas autoridades.

Durante todo esse período, Chico Mendes denunciou

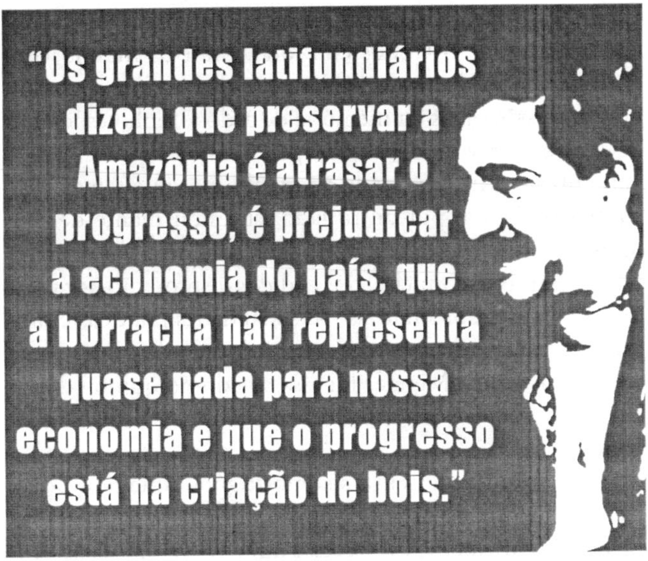

de várias outras formas também as ameaças que vinha sofrendo. Em entrevista ao Jornal do Brasil, no dia 9 de dezembro, ele falou a respeito: "Minha segurança ultimamente foi reforçada no Acre por decisão do governador Flaviano Melo. Ele sabe que meu assassinato vai complicar a situação do Estado. Não que a morte de seringueiro no Acre seja novidade. Mas é que nosso movimento tornou-se conhecido mundialmente. Principalmente junto à autoridades do Banco Mundial, do BID e do Congresso Americano. Ora, não se bate de frente nessas entidades. Hoje minha vida passa pelos policiais da PM. Tenho tido uma relação amigável com os meus 'seguranças'.

(...)

"Eu tenho consciência de que todas as lideranças populares nesses últimos dez anos — advogados, padres, pastores, líderes sindicais — todos eles foram mortos mesmo com garantia de vida do governo. Não precisa nem citar exemplos, pois eles estão vivos na memória de todos. Tenho esperança de continuar vivo. É vivo que a gente fortalece essa luta. De parte do governo do Estado não tenho por que temer. Pelo contrário. Agora, por outro lado, eu estou diante de dois inimigos poderosos: a UDR e a Polícia Federal do Acre".

Apesar das denúncias, dos pedidos de proteção por parte de entidades ambientalistas, personalidades políticas e dirigentes sindicais, do governador ter colocado dois PMs como segurança, Chico Mendes foi assassinado no quintal de sua casa com um tiro de escopeta, no dia 22 de dezembro de 1988.

Chico podia pressentir sua morte após tantas ameaças e atentados sofridos. Ele não queria e não podia morrer assim. Um dia ele afirmou: "Se descesse um enviado dos céus e me garantisse que minha morte iria fortalecer nossa luta até que valeria a pena. Mas a experiência nos ensina o contrário. Então eu quero viver. Ato público e enterro numeroso não salvarão a Amazônia. Quero viver."

Trechos da carta enviada ao superintendente de Polícia Federal, Mauro Spósito em 30 de novembro de 1988:

"Venho, pela presente, expressar-lhe a nossa preocupação com relação aos últimos acontecimentos relacionados aos pistoleiros Darly e Alvarino Alves, ambos proprietários da fazenda Paraná, em Xapuri. Como é do conhecimento de V. Sas., desde o mês de setembro do corrente ano foi expedido, pelo Exmo. Sr. Juiz de Direito da Comarca de Umuarama-PR, um mandado de prisão para os referidos pistoleiros cujo mandado foi encaminhado para sua mão para que fosse cumprido imediatamente. Depois de alguns dias de atraso, o Juiz da Comarca de Xapuri recebe o mandado de prisão e, na mesma hora manda executá-lo.

A Polícia Militar de Xapuri, atendendo ordem do juiz,

Darly, o pai mandante e Darci, o filho executor, que, no primeiro dia de julgamento confessou ter praticado o assassinato.

deslocou-se imediatamente para a fazenda Paraná a fim de cumprir a ordem e, para surpresa da PM, ao cercarem a residência dos pistoleiros, os mesmos já estavam foragidos, ou seja, tinham sido avisados com antecedência. Na ocasião, houve muita especulação sobre quem devia ter avisado os pistoleiros. E, para a surpresa minha e de todos os companheiros, tivemos a informação de que o Sr. foi o autor do aviso, ou seja, deu todas as dicas para que os mesmos se livrassem da prisão. As informações partem dos próprios pistoleiros e de seus filhos que se orgulham em dizer que seus pais têm muitos amigos, inclusive na Polícia Federal, que os colocam a par de tudo.

Nós, apesar de sermos muitas vezes acusados e caluniados de agitadores, de criarmos a baderna, nunca pautamos pela violência e nunca uma gota de sangue foi derramada sob nossa responsabilidade. Enquanto isso, o Sr. é sabedor de que hoje sou obrigado a andar com dois guardas de segurança porque Darly e Alvarino já disseram que só se entregarão à Justiça depois de verem meu cadáver. Seus jagunços andam a vontade por todos os lugares espalhando a intimidação e, quando, em Xapuri, a PM prende qualquer um dos pistoleiros, a Polícia Civil solta imediatamente por ordem do delegado e do prefeito da cidade.

Não podemos ficar calados diante de uma situação dessa natureza. Não é possível se ficar calado diante de tanta injustiça. Nunca foi costume nosso criar atritos com quem quer que seja. Mas agora não dá para ficar no silêncio. São vidas humanas que estão em jogo. São dezenas de vidas que já foram ceifadas brutal e covardemente.

Esta carta é no sentido de se tentar esclarecer o que está por trás de tudo isso. O que significa Darly e Alvarino ficarem muitos dias em Brasiléia muita gente deve saber, menos as autoridades de segurança daquele município. Como fica o conceito da PF e da Secretária de Segurança diante de tudo isso?

Aqui encerro esta humilde carta, mas que expressa a minha preocupação por tudo que vem acontecendo além das informações surpreendentes.

Atenciosamente,

Francisco Alves Mendes Filho

Presidente dos Sindicato dos Trabalhadores Rurais de Xapuri e membro do Conselho Nacional dos Seringueiros"

Chico Mendes aprendeu desde cedo os segredos do corte da seringa.

Índio kaxinawá seringueiro.

Cronologia histórica

Márcio Souza

Esta cronologia histórica, extraída do livro O Empate Contra Chico Mendes, *de autoria do amazonense Márcio Souza — autor, entre outros, do folhetim* Galvez, Imperador do Acre *— vem contribuir enormemente com a presente obra, uma vez que faz uma síntese abrangente dos principais fatos relacionados à causa amazônica desde o descobrimento do Brasil, que foram determinantes da atual situação fundiária na Região Norte e, por extensão, do fenômeno Chico Mendes.*

1500 — Em fevereiro, Vicente Yanes Pinzón descobre o Rio Amazonas, denominando-o de Santa Maria de la Mar Dulce.

1542 — Francisco Orellana desce o rio Amazonas, descobre os seus principais afluentes. Na foz do rio Nhamundá, diz que foi atacado por mulheres guerreiras, as *Ikamiabas*.

1558 — Pedro de Ársua organiza uma expedição em busca do El-Dorado.

1594 — Os ingleses estabelecem postos no Oiapoque.

Os franceses instalam uma feitoria na ilha de São Luís, mas esta dura poucos meses.

1599 — Os holandeses entram na Amazônia, construindo os fortes de Orange e Nassau, no Xingu, e feitorias em Mariocal e Mondaituba.

1612 — Daniel de La Touche e François de Rossily fundam a cidade Saint Louis, no Maranhão.

1615 — Portugueses e espanhóis ocupam a cidade de Saint Louis.

1616 — Charles de Vaux funda o forte do Presépio, futura cidade de Belém do Pará.

1617 — Rebelião geral dos tupinambá. Sob o comando do índio Amaro, eles se levantam contra os europeus.

Os capuchos de Santo Antônio de Lisboa instalam-se no Pará.

1618 — No dia 7 de janeiro, os tupinambá atacam Belém.

1619 — O capitão-mór do Pará, Jerônimo Fragoso, ataca as aldeias tupinambá. No mesmo ano, Bento Maciel Parente inicia guerra de extermínio aos tupinambá.

1621 — A Coroa portuguesa cria o Estado do Maranhão, unidade autônoma governada diretamente por Lisboa, para administrar a Amazônia.

1626 — Os ingleses fundam o forte de Torrego, na ilha de Santana.

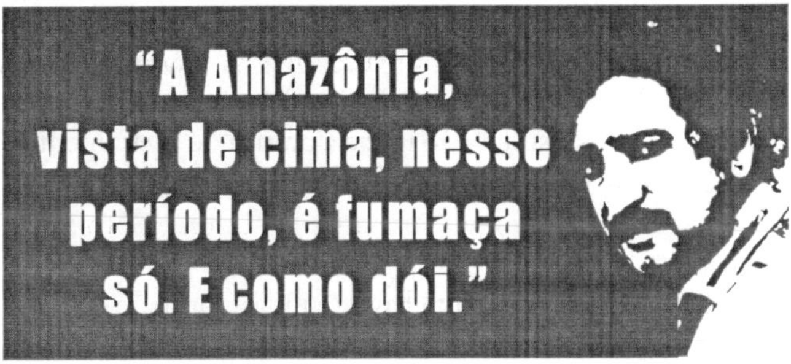

Pedro Teixeira realiza entrada portuguesa no rio Tapajós.

1629 — Os ingleses fundam o forte North, em Macapá.

1632 — Os ingleses fundam o forte de Cumau, em Macapá.

1634 — Os portugueses fundam o primeiro engenho de açúcar na Amazônia.

1637 — Os portugueses, sob o comando de Pedro Teixeira, Bento Rodrigues de Oliveira e Pedro da Costa Favela, iniciam expedição para subir o rio Amazonas até o Peru.

1644 — A pecuária é introduzida na Amazônia, com animais trazidos de Cabo Verde.

1654 — Criado o Estado do Maranhão e Grão Pará, com um governador geral, com a patente de Capitão general, um ouvidor e um provedor.

1655 — A ordem dos Jesuítas consegue o domínio temporal sobre os índios, de acordo com a carta régia obtida por Antônio Vieira.

1657 — Os jesuítas dão início à prática de "descimento", destribalização dos índios, aprisionando 600 tarumã na região de Manaus.

1669 — Pedro da Costa Favela funda a fortaleza da Barra do Rio Negro, futura cidade de Manaus.

1684 — Início da revolta de Beckman contra a proibição de escravização dos índios.

1688 — Carta régia de Portugal restabelece a escravização dos índios.

Indústria metalúrgica proibida na Amazônia.

1690 — Indústria do sal proibida na Amazônia.

1692 — Carta régia manda aplicar Cz$ 20 mil na compra de escravos negros, oriundos da Guiné.

1708 — Evacuação dos espanhóis de todas as povoações do Solimões.

1710 — O sargento-mór José Antunes da Fonseca derrota os espanhóis no rio Javari, estendendo a fronteira da Amazônia portuguesa até esse rio.

1713 — Pelo Tratado de Utrecht o Amapá passa ao domínio português.

1716 — Os portugueses massacram os índios torá, no rio Madeira.

1720 — Os portugueses massacram os índios uma.

1723 — Levante indígena comandado pelo tuxáua Ajuricaba.

1725 — O tuxáua Ajuricaba derrota os portugueses na batalha de Tomar.

1727 — Francisco de Mello Palheta recebe do conde D'Orvilliers, governador da Guiana Francesa, cinco mudas e mil frutos de cafeeiro.

1728 — O comandante Belchior Mendes de Morais invade o Rio Negro, extermina 20 mil índios e derrota Ajuricaba. O grande tuxáua suicida-se, lançando-se acorrentado às águas do Rio Negro, quando era levado para o cativeiro em Belém.

1736 — Lourenço Belfort e Francisco Xavier de Andrade chegam em Roraima e escravizam mil índios.

1746 — Charles Marie de la Condamine apresenta um relatório sobre o uso e a manufatura da borracha pelos índios cambeba.

1750 — O reino de Portugal fecha a navegação do rio Amazonas aos estrangeiros.

1754 — Fim das capitanias hereditárias na Amazônia, que são absorvidas pelo Reino de Portugal.

Mendonça Furtado instala-se na vila de Barcelos, Rio Negro, e organiza a primeira expedição científica na Amazônia.

1755 — No dia 3 de março é criada a Capitania de São José do Rio Negro.

O ouvidor Sampaio informa que 2.886 potes de man-

Cortes feitos em diagonal no tronco da seringueira
para a extração do látex.

O leite da seringueira, o látex, sendo extraído com o auxílio
de uma faca especial: a jebonec.

teiga de tartaruga, correspondentes à destruição de 4.167.000 ovos, são exportados para Portugal.

Autorizado o casamento entre europeus e índios.

Fundada a Companhia de comércio do Grão Pará e Maranhão.

1757 — O marquês de Pombal abole a escravatura dos índios.

1788 — Lobo D'Almada assume a comissaria de demarcações.

1809 — Tropas portuguesas ocupam a Guiana Francesa.

1819 — Henrique João Wilkens publica *A Muhraida*, primeiro poema escrito na região, celebrando o massacre de 40 mil índios muhra.

1821 — Felipe Patrone inaugura o primeiro jornal da Amazônia, no Pará.

1822 — A notícia da Independência do Brasil é comemorada em Belém com uma manifestação de apoio. O coronel Pereira Vilaça, governador geral, manda reprimi-la, prendendo 240 manifestantes e condenando-os à morte.

1823 — O mercenário John Pascoe Greenfeld, a mando de Lord Cockrane e no comando do brique Maranhão, com apenas 97 homens a bordo, prega uma mentira em Belém, dizendo estar com uma esquadra fundeada em Icoaraci. Apavorados, os portugueses se declaram brasileiros e aderem ao regime de Pedro I.

1833 — Afonso Jales tenta restaurar a colonização portuguesa, mas é derrotado em Belém.

Lobo de Souza, um conservador, assume o governo da Província do Pará. Recrudesce a insatisfação dos nativos frente ao continuísmo dos velhos representantes da colonização.

1834 — Primeiro choque entre as tropas rebeldes e mercenários a soldo do governador do Pará.

1835 — *7 de janeiro* — uma tropa popular rebelada, denomidada *cabanos* e comandada pelo comerciante Antônio Vinagre, ataca e ocupa Belém. Lobo de Souza é morto pelos rebeldes.

19 de junho — o mercenário Taylor bloqueia Belém.

26 de junho — rendição de Belém, sob promessa de anistia. A promessa não é cumprida e os rebeldes são fuzilados.

14 de agosto — assume o comando o seringueiro de 27 anos, Eduardo Nogueira Angelim, atacando Belém com um bombardeio de artilharia.

26 de agosto — Angelim entra em Belém e é aclamado presidente do governo *cabano*.

1836 — *8 de maio* — tropas do Império do Brasil, com reforços recrutados nas prisões de Recife e Salvador, invadem Belém.

Julho — Angelim organiza o governo rebelde em Acará, Pará.

20 de outubro — Angelim é preso pelas tropas brasileiras. Assume o camando o índio maué Apolinário Maparajuba.

10 de novembro — Maparajuba decreta a luta até a total expulsão de todos os homens brancos da Amazônia.

1837 — Ambrósio Aires, mercenário português, ataca a região dos Autazes, dominada pelos *cabanos* que acabavam de receber a adesão do povo mura.

1838 — A *Cabanagem* ainda domina os Autazes, o Madeira, Silves e Maués, no Amazonas.

1839 — O Império do Brasil anistia os rebeldes *cabanos*, mesmo estes ainda estando de armas nas mãos.

1850 — Formação da Província do Amazonas.

1852 — O Barão de Mauá funda a Companhia de Comércio e Navegação do Alto Amazonas.

1857 — Lourenço da Silva Araújo Amazonas publica *Simá*, primeiro romance escrito na Amazônia.

1861 — Manuel Urbano da Encarnação chega às margens do Rio Acre.

1863 — O agrônomo João Martins da Silva Coutinho publica trabalho sobre o cultivo de seringais.

1867 — Assinado o tratado de Ayacucho, determinando a fronteira entre o Brasil e a Bolívia.

1871 — Henry Wickham, botânico inglês, leva sementes de seringueiras para o cultivo experimental no Jardim Botânico de Londres.

1888 — Inglês de Sousa publica o romance *O Missionário.*

1898 — Os seringais asiáticos começam a produzir.

1898 — Os bolivianos instalam uma alfândega em Puerto Alonso, cobrando impostos aos brasileiros.

1899 — Liderados por José de Carvalho, os brasileiros rebelam-se contra os bolivianos.

Sob a liderança de Dom Luiz Galvez Rodrigues de Aria, uma tropa de seringueiros, poetas e dançarinas de *cancan* toma Puerto Alonso e instaura o Estado Independente do Acre.

1900 — O seringalista Gentil Norberto organiza nova rebelião no Acre. Recebe como apoio a desastrada "Expedição dos Poetas", composta por notívagos e boêmios de Manaus.

1901 — A Bolívia entrega o território acreano à administração do Bolivian Syndicate. O sindicato tinha, entre seus sócios, vários capitalistas norte-americanos e o rei da Bélgica, o mesmo que provocaria enormes desgraças no Congo.

1902 — Sob o comando de Plácido de Castro, um exército de seringueiros toma a cidade de Xapuri, dando início à revolução acreana.

1903 — Com a assinatura do Tratado de Petrópolis, entre a Bolívia e o Brasil, o Acre é anexado ao território brasileiro.

1904 — O governo brasileiro separa o Acre do Amazonas.

1906 — Começam os trabalhos de construção da ferrovia Madeira-Mamoré.

1908 — A produção da borracha asiática começa a diminuir a cotação da produção amazônica.

1910 — Criada a Universidade Livre de Manaus, a primeira do Brasil.

1911 — A borracha da Amazônia atinge sua maior cotação.

1912 — Criada a Superintendência da Defesa da Borracha, primeira tentativa de intervenção federal no assunto.

1914 — Inaugurada a estrada de ferro Belém-Bragança.

1920 — Henry Ford compra terras na Amazônia e cria a Fordlândia.

1921 — O cineasta Silvino Santos realiza o documentário longa-metragem *No País das Amazonas.*

1931 — Raul Bopp publica *Cobra Norato.*

1932 — A Amazônia produz 6.550 toneladas de borracha, a menor produção em toda a suas história.

1934 — Ferreira de Castro publica o romance *A Selva.*

1940 — Dalcídio Jurandir publica o romance *Chove nos campos da cachoeira.*

1942 — Assinado o tratado de Washington, entre o Brasil e os Estados Unidos, para a exploração da borracha no esforço de guerra. Como conseqüência, é criada uma Comissão Executiva de Defesa da Borracha e fundado o Banco de Crédito da Borracha.

1943 — Criação dos territórios federais do Rio Branco e Guaporé.

1946 — 55 mil migrantes nordestinos participam da "Batalha da Borracha".

1950 — O Banco de Crédito da Borracha é transformado em Banco de Crédito da Amazônia.

1953 — Fundada a Superintendência do Plano de Valorização da Amazônia — SPVEA.

1959 — Fundado o Instituto de Pesquisas da Amazônia — INPA.

1961 — Inaugurada a estrada Belém-Brasília.

1963 — O Acre é elevado à categoria de Estado.

1965 — O governo da ditadura militar lança a "Operação Amazônia", a bordo do transatlântico *Rosa da Fonseca.*

1966 — O governo federal transforma o Banco de Crédito da Amazônia em Banco da Amazônia — BASA, e cria a Sudam — Superintendência do Desenvolvimento da Amazônia.

1967 — Criada a Zona Franca de Manaus.

1970 — A ditadura do general Emílio Médici inicia as obras de construção da rodovia Transamazônica.

1971 — O governo da ditadura militar publica o Decreto nº 1.164, instituindo a prática de confisco de terras dos estados da Amazônia, sem aviso prévio ou indenizações.

1972 — Militantes do Partido Comunista do Brasil — PCdoB — iniciam um foco de luta armada no Araguaia.

1979 — Wilson Pinheiro, presidente do Sindicato dos Trabalhadores Rurais de Brasiléia, organiza *empate* contra grileiros no município de Boca do Acre, Amazonas.

1983 — O jovem sindicalista Ricardo Morais ganha as eleições para o Sindicato dos Metalúrgicos da Zona Franca de Manaus.

1985 — O governo implementa o "Projeto Calha Norte", com o objetivo de reforçar a presença brasileira no extremo norte. O projeto significa a militarização da área e ameaça aos povos indígenas.

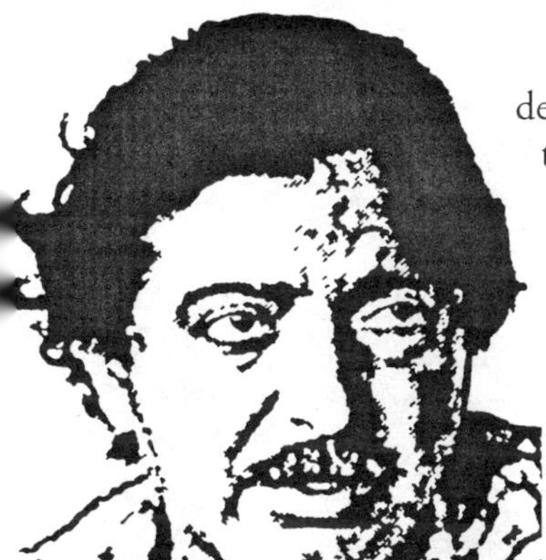

1990 — O governo Collor de Mello termina com os incentivos fiscais, exceto aqueles já garantidos pela Constituição para a Zona Franca de Manaus.

(*O Empate Contra Chico Mendes*, São Paulo, Marco Zero, 1990)

Chico Mendes foi destaque na imprensa internacional:
o brasileiro mais famoso, depois de Pelé.

CHICO MENDES

Bibliografia

Jornais

Folha de S.Paulo, O Estado de S.Paulo, Jornal do Brasil, Jornal da Tarde, Folha da Tarde, O Globo, O Dia, Los Angeles Times, New York Times, Libération.

Revistas

Financial Times, Isto É/Senhor, Manchete, Time, Veja.

Livros

GRZYBOWSKI, C. - *O testamento do homem da floresta, Chico Mendes por ele mesmo* - 2ª ed. Rio de Janeiro, Fase, 1989.

REVKIN, A. - *The burning season.* Boston, Houghton Mifflin, 1990.

SOUZA, M. - *O empate contra Chico Mendes.* São Paulo, Marco Zero, 1990.

Vídeos

COWELL, A. - *A década da destruição*. São Paulo, Verbo Filmes, 1989.

COWELL, A. - *Chico Mendes: eu quero viver*. São Paulo, Verbo Filmes, 1989.

SMITH, M. - *Chico Mendes: voice of Amazon*. New York, NSP. 1989.

Outras fontes

Publicação conjunta do Sindicato dos Trabalhadores Rurais de Xapuri, Conselho Nacional dos Seringueiros (CSN) e da Central Única dos Trabalhadores (CUT), de janeiro de 1989.